A PEQUENA CAIXA
DE GWENDY

STEPHEN KING E RICHARD CHIZMAR

A PEQUENA CAIXA DE GWENDY

TRADUÇÃO
Regiane Winarski

2ª reimpressão

Copyright © 2017 by Stephen King e Richard Chizmar
Copyright das ilustrações © 2017 by Keith Minnion

Grafia atualizada segundo o Acordo Ortográfico da Língua Portuguesa de 1990, que entrou em vigor no Brasil em 2009.

Título original
Gwendy's Button Box

Capa e projeto gráfico
Desert Isle Design, LLC

Imagem de capa
Ben Baldwin

Preparação
Carolina Vaz

Revisão
Renata Lopes Del Nero
Nana Rodrigues

Dados Internacionais de Catalogação na Publicação (CIP)
(Câmara Brasileira do Livro, SP, Brasil)

    King, Stephen
        A pequena caixa de Gwendy/ Stephen King e Richard Chizmar; ilustrações Keith Minnion; tradução Regiane Winarski. – 1ª ed. – Rio de Janeiro: Suma, 2018.

        Título original: Gwendy's Button Box.
        ISBN 978-85-5651-075-4

        1. Ficção policial e de mistério (Literatura Americana) I. Chizmar, Richard. II. Título.

18-20090   CDD-813

Índice para catálogo sistemático:
1. Ficção: Literatura norte-americana   813

Iolanda Rodrigues Biode – Bibliotecária – CRB-8/10014

[2022]
Todos os direitos desta edição reservados à
EDITORA SCHWARCZ S.A.
Praça Floriano, 19, sala 3001 — Cinelândia
20031-050 — Rio de Janeiro — RJ
Telefone: (21) 3993-7510
www.companhiadasletras.com.br
www.blogdacompanhia.com.br
facebook.com/editorasuma
instagram.com/editorasuma
twitter.com/Suma_BR

1

HÁ TRÊS CAMINHOS PARA Castle View a partir da cidade de Castle Rock: pela rodovia 117, pela Estrada Pleasant e pela Escadaria Suicida. Todos os dias daquele verão — sim, até aos domingos —, Gwendy Peterson, de doze anos, subiu pela escadaria, que fica presa por parafusos de ferro fortes (ainda que enferrujados pelo tempo) e sobe em zigue-zague pela encosta. Ela sobe os cem primeiros degraus andando, os cem segundos trotando, e se obriga a correr pelos últimos cento e cinco. "Como quem foge do diabo", seu pai diria. No alto, ela se curva, o rosto vermelho, as mãos apoiadas nos joelhos, o cabelo suado grudado nas bochechas (sempre escapa do rabo de cavalo na corrida final, por mais que ela prenda com força), bufando como um cavalo velho puxando uma carroça. Mas ela sentiu uma melhora. Quando se empertiga e olha

A PEQUENA CAIXA DE GWENDY

para baixo, Gwendy consegue ver as pontas dos tênis. Não conseguia isso em junho, no último dia de aula, que também foi seu último dia na Castle Rock Elementary.

A camiseta está grudada no corpo suado, mas, de modo geral, ela está se sentindo bem. Em junho, parecia que ia cair dura toda vez que chegava ao topo. Ali perto, ouve os gritos das crianças no parquinho. Um pouco mais ao longe vem o barulho de um bastão acertando uma bola de beisebol, onde os garotos da Liga Sênior treinam para o jogo beneficente do Labor Day.

Ela está limpando os óculos no lenço que deixa no bolso do short exatamente para isso quando ouve uma voz.

— Ei, garota. Vem aqui um pouco. A gente precisa conversar.

Gwendy bota os óculos, e o mundo borrado volta a entrar em foco. Em um banco na sombra, perto do caminho de cascalho que leva da escadaria até o Parque Recreativo de Castle View, está um homem de calça jeans preta, paletó preto e uma camisa branca desabotoada no alto. Na cabeça tem um chapeuzinho preto. Em breve Gwendy teria pesadelos com aquele chapéu.

O homem estava no mesmo banco todos os dias daquela semana, sempre lendo o mesmo livro (*O arco-íris da gravidade*, é grosso e parece muito difícil), mas nunca tinha falado com ela até agora. Gwendy o observa com cautela.

— Eu não posso falar com estranhos.

A PEQUENA CAIXA DE GWENDY

— É um bom conselho. — Ele parece ter a idade do pai dela, mais ou menos uns trinta e oito anos, e não é feio, mas usar um paletó preto em uma manhã quente de agosto faz com que ele seja um maluco em potencial, na opinião de Gwendy. — Deve ter sido sua mãe quem falou, né?

— Meu pai.

Gwendy vai ter que passar por ele para chegar ao parquinho, e se ele realmente for um maluco, pode tentar agarrá-la, mas ela não está muito preocupada. Eles estão em plena luz do dia, afinal, o parquinho fica perto e está bem cheio, e ela já recuperou o fôlego.

— Nesse caso — diz o homem de paletó preto —, vou me apresentar. Sou Richard Farris. E você é...?

Ela fica na dúvida, mas pensa: mal não vai fazer.

— Gwendy Peterson.

— Pronto. Agora a gente se conhece.

Gwendy balança a cabeça.

— Só saber o nome não é conhecer.

Ele inclina a cabeça para trás e ri. É encantador pelo bom humor sincero, e Gwendy não consegue reprimir um sorriso. Mas não se aproxima dele.

O homem aponta o dedo para ela em formato de revólver: *pow*.

— Essa foi boa. *Você* é uma boa menina, Gwendy. E, já que estamos falando nisso, de onde veio esse nome?

A PEQUENA CAIXA DE GWENDY

— É a combinação de dois nomes. Meu pai queria me chamar de Gwendolyn, o nome da avó dele, e minha mãe queria Wendy, como a do *Peter Pan*. Então os dois acabaram entrando num acordo. Você está de férias, sr. Farris?

Parecia provável; eles estão no Maine, e o Maine se autoproclama a Terra das Férias. Está até nas placas dos carros.

— Pode-se dizer que sim. Eu viajo pra cá e pra lá. Michigan numa semana, Flórida na outra, depois quem sabe um pulinho até Coney Island para comer um cachorro-quente e dar uma volta de montanha-russa. Sou o que você pode chamar de andarilho, e os Estados Unidos são a minha estrada. Fico de olho em certas pessoas e volto de tempos em tempos pra ver como elas estão.

Chink, faz o bastão no campo depois do parquinho, e ela ouve gritos de comemoração.

— Foi bom falar com você, sr. Farris, mas eu tenho que...

— Fique mais um pouco. É que você é uma das pessoas em quem eu estava de olho recentemente.

Isso devia parecer sinistro (e parece, um pouco), mas ele ainda está sorrindo depois das risadas, os olhos estão brilhando, e se ele for o Homem do Saco, está escondendo bem. É o que ela acha que os melhores fariam. *Queres vir ao meu salão?*, disse a aranha para a mosca.

A PEQUENA CAIXA DE GWENDY

— Tenho uma teoria sobre você, srta. Gwendy Peterson. Formada, como todas as melhores teorias, pela observação atenta. Quer ouvir?

— Claro.

— Reparei que você está meio cheinha.

Talvez ele a veja ficar tensa ao ouvir isso, porque levanta a mão e balança a cabeça, como quem diz *não tão rápido*.

— Você pode até se achar gorda, porque as garotas e as mulheres desse nosso país têm ideias estranhas sobre a aparência. A imprensa... Você sabe o que eu quero dizer quando falo "imprensa"?

— Claro. Jornais, televisão, a *Time*, a *Newsweek*.

— Isso mesmo. A imprensa diz "Garotas, mulheres, vocês podem ser o que quiserem ser neste admirável mundo novo de igualdade, desde que ainda consigam ver os dedos dos pés quando estão de pé, a coluna reta".

Ele está mesmo *de olho em mim*, pensa Gwendy, *porque eu faço isso todos os dias quando chego no alto*. Ela fica vermelha. Não consegue evitar, mas fica envergonhada apenas na superfície. Por baixo há uma espécie de rebeldia. Foi o que a fez começar a subir pela escadaria todos os dias. Isso e Frankie Stone.

— Minha teoria é que alguém sacaneou seu peso, ou sua aparência, ou as duas coisas, e você decidiu fazer algo a respeito. Acertei? Talvez não na mosca, mas pelo menos passei perto?

Talvez por ele ser um estranho, ela se vê capaz de dizer o que não falou a nenhum dos pais. Ou talvez sejam os olhos azuis, curiosos e interessados, mas sem maldade, ao menos que ela consiga perceber.

— Tem um garoto na minha escola, Frankie Stone, que começou a me chamar de Goodyear, você sabe, igual...

— Igual ao dirigível, sim, eu conheço o dirigível da Goodyear.

— É. Frankie é um babaca.

Ela pensa em contar para o homem de paletó que Frankie sai desfilando pelo parquinho cantarolando *Frankie é meu nome! Tenho um pau enorme!*, mas decide que é melhor não.

— Alguns dos outros garotos começaram a me chamar assim, depois algumas garotas também. Não minhas amigas, as outras garotas. Isso foi no sexto ano. No mês que vem vou começar o sétimo ano numa escola nova, e... bom...

— Você decidiu que esse apelido não vai junto — diz o sr. Richard Farris. — Entendi. Você também vai ficar mais alta, sabe. — Ele a olha de cima a baixo, mas não de um jeito sinistro. É quase analítico. — Estou achando que você pode chegar a um e setenta e sete ou um e oitenta de altura. Alta para uma garota.

A PEQUENA CAIXA DE GWENDY

— Já comecei a crescer — comenta Gwendy —, mas não vou ficar esperando por isso.

— Foi o que pensei — diz Farris. — Sem esperar, sem ficar reclamando, enfrentando o problema de frente. Admirável. E é por isso que eu queria conhecer você.

— Foi um prazer conversar com você, sr. Farris, mas tenho que ir embora.

— Não. Você precisa ficar bem aqui. — Ele não está mais sorrindo. O rosto está sério, e os olhos azuis parecem ter ficado cinzentos. O chapéu cria uma linha fina de sombra na testa, como uma tatuagem. — Tenho uma coisa pra você. Um presente. Porque você é especial.

— Eu não posso aceitar coisas de estranhos. — Agora, Gwendy está com um pouco de medo. Talvez bem mais do que um pouco.

— Só saber o nome não é conhecer, concordo com você nisso, mas não somos estranhos, você e eu. Eu te conheço, e sei que o presente que tenho aqui foi feito pra alguém como você. Uma jovem que não tem a cabeça nas nuvens. Eu te senti, Gwendy, bem antes de ter te visto. E aqui está você. — Ele vai para a ponta do banco e bate no assento ao lado. — Venha se sentar aqui.

Gwendy anda até o banco, sentindo-se como se num sonho.

— Você... Sr. Farris, você quer me fazer mal?

Ele sorri.

A PEQUENA CAIXA DE GWENDY

— Agarrar você? Puxar para o mato e fazer coisas feias? — Ele aponta para o outro lado do caminho, a uns doze metros dali. Lá, umas vinte ou trinta crianças usando camisetas da colônia de férias de Castle Rock estão brincando nos escorregas e trepa-trepas enquanto quatro monitores tomam conta. — Acho que eu não conseguiria me safar, não é verdade? Além do mais, garotinhas não me interessam sexualmente. Não me interessam em nada, no geral, mas, como já falei, ou pelo menos dei a entender, você é diferente. Agora, sente-se.

Ela se senta. O suor cobrindo seu corpo ficou frio. Ela tem certeza de que, apesar da fala mansa, ele vai tentar beijá-la, sem se importar com as crianças no parquinho ou os adolescentes tomando conta delas. Mas ele não faz isso. Só enfia a mão embaixo do banco e pega uma sacola de lona fechada por um cordão. Ele abre a bolsa e tira uma linda caixa de mogno, a madeira reluzindo em um marrom tão intenso que ela consegue ver pontinhos vermelhos no acabamento. Tem uns quarenta centímetros de comprimento, talvez uns trinta de largura, e metade disso de profundidade. Ela a quer na mesma hora, e não só porque é linda. Ela a quer porque é *dela*. Como se fosse algo valioso, muito amado, que se perdeu tanto tempo antes que quase foi esquecido, mas agora tinha sido encontrado de novo. Como se ela fosse dona da caixa em outra vida, em que era uma princesa ou algo assim.

A PEQUENA CAIXA DE GWENDY

— O que é? — pergunta Gwendy em voz baixa.

— Uma caixa de botões — diz ele. — A sua caixa de botões. Olha.

Ele a inclina, e ela vê os botõezinhos no alto, seis em fileiras de dois, e um botão solitário em cada ponta. Oito no total. Os pares são verde-claro e verde-escuro, amarelo e laranja, azul e violeta. Um dos botões das pontas é vermelho. O outro é preto. Há também uma pequena alavanca nas laterais da caixa, e o que parece um buraco no meio.

— Os botões são muito difíceis de apertar — diz Farris. — Você tem que usar o polegar e apertar com força. E isso é uma coisa boa. Acredite em mim: você não vai querer apertar nenhum por engano, não mesmo. Principalmente o preto.

Gwendy se esqueceu de sentir medo. Está fascinada pela caixa, e quando o homem de paletó a entrega, ela aceita. Estava esperando que fosse pesada, porque mogno é uma madeira pesada, afinal de contas, e nem dava para saber o que havia dentro, mas não é. É leve a ponto de Gwendy conseguir balançar nos dedos. Ela passa o dedo pela superfície reluzente e meio convexa dos botões e quase sente as cores iluminando sua pele.

— Por quê? O que eles fazem?

— Vamos falar deles depois. Agora, preste atenção nas pequenas alavancas. Elas são bem mais fáceis de

A PEQUENA CAIXA DE GWENDY

puxar do que os botões são de apertar; seu mindinho basta. Quando você puxar a da ponta esquerda, ao lado do botão vermelho, a caixa vai liberar um chocolate no formato de um animal.

— Eu não... — começa Gwendy.

— Você não aceita doces de estranhos, eu sei — diz Farris, e revira os olhos de um jeito que a faz rir. — Nós já não passamos dessa fase, Gwendy?

— Não era isso que eu ia dizer. O que eu queria falar era que eu não como *chocolate*. Não neste verão. Como vou perder peso se comer doces? Pode acreditar, quando eu começo, não consigo parar. E chocolate é o pior, eu sou, tipo, chocólatra.

— Ah, mas essa é a beleza dos chocolates que a caixa de botões libera — afirma Richard Farris. — São pequenos, não muito maiores do que jujubas, e muito doces... mas depois de comer um, não vai querer outro. Vai querer suas refeições, mas não vai querer repetir nada. E também não vai querer nenhuma sobremesa. Principalmente aquelas de tarde da noite que vão direto para a cintura.

Gwendy, que até aquele verão tinha mania de preparar sanduíches de creme de amendoim com marshmallow antes de ir dormir, sabe exatamente o que ele quer dizer. Além disso, ela sempre fica morrendo de fome depois da corrida matinal.

A PEQUENA CAIXA DE GWENDY

— Parece um desses produtos esquisitos de dieta — diz ela. — O tipo de coisa que enche sua barriga e depois você faz um monte de xixi. Minha avó experimentou essa coisa e acabou ficando doente depois de uma semana.

— Não. É só chocolate. Mas é *puro*. Não é que nem as barras de chocolate do supermercado. Experimente.

Ela fica na dúvida, mas não por muito tempo. Coloca o dedo mindinho na alavanca (é pequena demais para operar com facilidade com qualquer um dos outros) e puxa. O buraco se abre. Uma prateleirinha estreita de madeira aparece. Nela tem um coelho de chocolate, do tamanho de uma jujuba, como o sr. Farris disse.

Ela pega o chocolate e olha, maravilhada.

— Uau. Olhe o *pelo*. As *orelhas*! E os *olhinhos* fofos.

— É — concorda ele. — Uma coisa linda, né? Agora, coma! Rápido!

Gwendy obedece sem pestanejar, e a doçura invade sua boca. Ele está certo, ela nunca comeu uma barra de chocolate tão gostosa. Não consegue se lembrar de já ter comido algo tão bom. O sabor maravilhoso não está só na boca; está na sua cabeça toda. Quando o chocolate derrete na língua, a prateleirinha desliza para dentro e o buraco se fecha.

— Gostou? — pergunta ele.

— Hum... — Isso é tudo que ela consegue dizer. Se fosse um chocolate normal, ela seria como um rato em um experimento de ciências: ficaria mexendo naquela alavanca até quebrar ou até a prateleira parar de liberar doces. Mas ela não quer outro. E acha que também não vai parar para tomar um Slushee na lanchonete do outro lado do parquinho. Ela não está com fome nenhuma. Está...

— Está satisfeita? — pergunta Farris.

— Estou! — É essa a palavra. Ela nunca ficou tão satisfeita com nada, nem mesmo com a bicicleta que ganhou no aniversário de nove anos.

— Que bom. Amanhã você provavelmente vai querer outro, e pode comer outro, porque vai levar a caixa de botões para casa com você. A caixa é *sua*, pelo menos por enquanto.

— Quantos animais de chocolate tem dentro?

Em vez de responder à pergunta, ele a convida a puxar a alavanca da outra ponta.

— Vai aparecer um tipo diferente de doce?

— Experimente para ver.

Ela encosta o dedo mindinho na pequena alavanca e empurra. Desta vez, quando a prateleirinha sai do buraco, há uma moeda prateada em cima, tão grande e brilhante que ela precisa apertar os olhos por causa do reflexo do sol. Ela pega a moeda, e a prateleirinha se encolhe. É pesada. Na superfície tem uma mulher de perfil. Está usando o que parece ser uma tiara. Embaixo tem um semicírculo de estrelas, interrompido pela data: 1891. Acima tem as palavras *E Pluribus Unum.*

— É um dólar de prata Morgan — diz Farris em tom didático. — Quase quinze gramas de prata pura. Foi criada pelo sr. George Morgan, que só tinha trinta anos quando gravou o perfil de Anna Willess Williams, uma matrona da Filadélfia, para passar a ser o que chamamos de lado "cara" da moeda. A águia americana está no lado da coroa.

— É linda — sussurra ela, e então, com grande relutância, a entrega para ele.

Farris cruza as mãos sobre o peito e balança a cabeça.

— Não é minha, Gwendy. É sua. Tudo que sai da caixa é seu, os chocolates e as moedas, porque a *caixa* é sua. O valor numismático atual desse dólar Morgan chega perto de seiscentos dólares, a propósito.

— Eu... não posso aceitar. — Sua voz soa distante aos próprios ouvidos. Ela sente (como sentiu quando começou a subir correndo a Escadaria Suicida dois meses antes) que pode desmaiar a qualquer segundo. — Eu não fiz nada para ganhar essa moeda.

— Mas vai fazer. — Do bolso do paletó preto ele tira um relógio de bolso antiquado. Dispara mais flechas do sol nos olhos de Gwendy, só que douradas em vez de prateadas. Ele abre a tampa e consulta os ponteiros. Em seguida, o guarda novamente no bolso. — Meu tempo

A PEQUENA CAIXA DE GWENDY

está acabando, então olhe os botões e preste atenção. Você vai prestar atenção?

— V-vou.

— Primeiro, coloque a moeda no bolso. Está distraindo você.

Ela obedece. Consegue senti-la contra a coxa, um círculo pesado.

— Quantos continentes tem no mundo, Gwendy? Você sabe?

— Sete. — Eles aprenderam isso no terceiro ou quarto ano.

— Exatamente. Mas como a Antártida é deserta por questões práticas, não está representada aqui... exceto, claro, pelo botão preto, e vamos chegar nele. — Uma após a outra, ele começa a tocar de leve nas superfícies convexas dos botões que estão emparelhados. — Verde-claro: Ásia. Verde-escuro: África. Laranja: Europa. Amarelo: Austrália. Azul: América do Norte. Violeta: América do Sul. Está acompanhando? Consegue lembrar?

— Consigo. — Ela fala sem hesitar. Sua memória sempre foi boa, e ela tem uma ideia louca de que o chocolate delicioso que comeu está melhorando sua concentração. Não sabe o que tudo isso quer dizer, mas consegue se lembrar de que cor representa cada continente. — E o que o vermelho faz?

A PEQUENA CAIXA DE GWENDY

— O que você quiser — diz ele —, e você *vai* querer, o dono da caixa sempre quer. É normal. Querer saber coisas e fazer coisas é o que move a raça humana. Exploração, Gwendy! A doença e a cura ao mesmo tempo!

Não estou mais em Castle Rock, pensa Gwendy. *Entrei em um daqueles lugares dos livros que gosto de ler. Oz ou Nárnia ou o Condado. Isso não pode estar acontecendo.*

— Apenas lembre — continua ele —, o botão vermelho é o único que você pode usar mais de uma vez.

— E o preto?

— É tudo — diz Farris, levantando-se. — O pacote completo. "A parada toda", como diria seu pai.

Ela o encara de olhos arregalados. O pai dela *diz* isso.

— Como você sabe que meu pai…

— Desculpe, sei que é falta de educação interromper, mas tenho que ir. Cuide da caixa. Ela dá presentes, mas são recompensas pequenas se comparadas ao tamanho da responsabilidade. E tome cuidado. Se seus pais descobrissem, haveria perguntas.

— Ah, meu Deus, e como! — Gwendy dá uma risada ofegante. Ela sente como se tivesse levado um soco no estômago. — Sr. Farris, por que você me deu isso? Por que *eu*?

— Escondidos nesse nosso mundo — diz ele, olhando para ela — há grandes arsenais de armas que poderiam destruir toda a vida neste planeta por um milhão de anos. Os homens e as mulheres encarregados deles se fazem a mesma pergunta todos os dias. E a resposta é porque você era a melhor escolha neste lugar e nesta época. Cuide da caixa. Recomendo que você não deixe *ninguém* encontrá-la, não só seus pais, porque as pessoas são curiosas. Quando veem uma alavanca, querem puxá-la. E quando veem um botão, querem apertá-lo.

— Mas o que acontece se apertarem? O que acontece se *eu* apertar?

Richard Farris só sorri, balança a cabeça e sai andando na direção do penhasco, onde uma placa diz: CUIDADO! **PROIBIDO** PARA CRIANÇAS MENORES DE 10 ANOS SEM A COMPANHIA DE UM ADULTO!, e se vira.

— Me diga uma coisa: por que chamam isso de Escadaria Suicida, Gwendy?

— Porque um homem pulou daqui em 1934, ou algo assim — responde ela, com a caixa de botões no colo. — E depois uma mulher pulou uns quatro ou cinco anos atrás. Meu pai diz que a câmara municipal falou em tirar a escadaria, mas todo mundo da câmara é republicano, e os republicanos odeiam mudanças. É o que meu pai diz, pelo menos. Um deles disse que a escadaria é uma atração turística, o que é meio verdade, e que um suicídio a cada trinta e cinco anos não era uma coisa tão terrível. Ele disse que, se virasse moda, eles podiam votar de novo.

A PEQUENA CAIXA DE GWENDY

O sr. Farris sorri.

— Cidades pequenas! Não tem como não amar!

— Eu respondi sua pergunta, agora responda a minha! O que acontece se eu apertar um desses botões? O que acontece se eu apertar o da África, por exemplo? — Assim que seu polegar encosta no botão verde-escuro, ela sente uma vontade, não forte, mas considerável, de apertar e descobrir sozinha.

O sorriso dele se torna mais largo. Não é nada agradável, na opinião de Gwendy Peterson.

— Por que perguntar o que você já sabe?

Antes que ela possa dizer mais uma palavra, ele começa a descer a escadaria. Ela fica sentada no banco por um momento, depois se levanta, corre até o patamar enferrujado e olha para baixo. Apesar de o sr. Farris não ter tido tempo para chegar até lá embaixo, nem perto disso, ele sumiu. Ou quase. Na metade do caminho, a uns cento e cinquenta degraus de ferro abaixo, o chapeuzinho preto foi abandonado ou levado pelo vento.

Ela volta até o banco e coloca a caixa de botões, a *sua* caixa de botões, na bolsa de lona e desce a escadaria, segurando no corrimão o caminho todo. Quando chega ao chapeuzinho redondo, pensa em pegá-lo, mas decide chutá-lo pela lateral e o vê cair, girando até o fundo cheio de mato. Quando volta mais tarde, o chapéu sumiu.

Isso acontece no dia 22 de agosto de 1974.

2

A MÃE E O PAI DELA trabalham fora, então quando Gwendy volta para a casinha estilo Cape Cod na rua Carbine, ela está sozinha. Coloca a caixa de botões embaixo da cama e a deixa lá por dez minutos inteiros, até se dar conta de que talvez não seja o melhor esconderijo. Ela mantém o quarto razoavelmente arrumado, mas é sua mãe quem passa o aspirador de vez em quando e troca os lençóis todos os sábados de manhã (tarefa que insiste que vai ser de Gwendy quando ela fizer treze anos — que belo presente de aniversário). Sua mãe não pode encontrar a caixa porque vai querer saber o que é aquilo.

Ela pensa no sótão, mas e se os pais finalmente decidirem arrumar tudo e fazer uma venda de garagem em vez de só falarem em fazer isso? O mesmo vale para o depósito da garagem. Um pensamento ocorre a Gwendy (inédito em sua implicação adulta, que mais tarde vai virar uma verdade enfadonha): segredos são um problema, talvez o maior de todos. Pesam na mente e ocupam espaço no mundo.

Nessa hora ela se lembra do carvalho no quintal, com o balanço de pneu que Gwendy quase não usa mais; com doze anos ela já está velha demais para esses passatempos de criança. Tem uma abertura rasa embaixo do emaranhado de raízes da árvore. Ela se encolhia lá dentro às vezes quando brincava de pique-esconde com os amigos. Está grande demais agora (*estou achando que você pode chegar a um e setenta e sete ou um e oitenta de altura*, disse o sr. Farris), mas é o local perfeito para a caixa, e a bolsa de lona vai protegê-la da chuva. E se cair um *temporal*, é só ir lá buscar.

Ela esconde a caixa e volta para casa, mas se lembra da moeda de prata. Então vai até a árvore e guarda a moeda na bolsa.

Gwendy acha que seus pais vão perceber que alguma coisa estranha aconteceu com ela quando chegarem em casa, que ela está diferente, mas eles não reparam em nada. Estão imersos em seus próprios problemas, como sempre, seu pai na seguradora, sua mãe na Castle Rock Ford, onde é secretária, e é claro que eles tomam umas bebidas. Eles sempre fazem isso. Gwendy come uma

A PEQUENA CAIXA DE GWENDY

porção de cada opção no jantar e limpa o prato, mas recusa a fatia de bolo de chocolate que o pai comprou na padaria e confeitaria Castle Rock, que fica ao lado do trabalho dele.

— Ah, meu Deus. Você está doente? — pergunta seu pai.

Gwendy sorri.

— Provavelmente.

Ela tem certeza de que vai ficar acordada até tarde, pensando no encontro com o sr. Farris e na caixa de botões escondida embaixo do carvalho, mas isso não acontece. Ela pensa *Verde-claro é a Ásia, verde-escuro é a África, amarelo é a Austrália...* e dorme até a manhã seguinte, quando chega a hora de comer uma tigela grande de cereal com frutas e subir correndo a Escadaria Suicida mais uma vez.

Quando volta, com os músculos doloridos e o estômago roncando, ela pega a bolsa de lona embaixo da árvore, tira a caixa e usa o dedo mindinho para puxar a alavanca da esquerda, perto do botão vermelho (*o que você quiser*, disse o sr. Farris quando ela perguntou sobre ele). O buraco se abre e a prateleira desliza para fora. A tartaruga de chocolate é pequena e perfeita, o casco, uma maravilha entalhada. Ela joga a tartaruga na boca. A doçura explode. A fome desaparece, mas quando a hora do almoço chegar, ela vai comer o sanduíche de mortadela com queijo que a mãe deixou para ela, junto com salada e molho *french* e um copo grande de leite. Gwendy olha para o resto do bolo na embalagem plástica. Parece bom, mas é apenas uma apreciação intelectual. Sentiria a mesma coisa por uma cena de duas páginas em uma revistinha do *Doutor Estranho*, mas não ia querer comer a revistinha, e também não quer comer o bolo.

Naquela tarde, ela vai andar de bicicleta com a amiga Olive, depois elas passam o restante do dia no quarto de Olive, ouvindo discos e falando sobre o ano letivo que está para começar. A perspectiva de estudar na Castle Rock Middle as enche de medo e empolgação.

Ao voltar para casa, antes de os pais chegarem, Gwendy pega a caixa de botões no esconderijo e empurra o que ela passou a chamar de Alavanca da Grana. Nada acontece; o buraco nem abre. Ah, tudo bem. Talvez por ser filha única e não ter concorrência, Gwendy não é gananciosa. Ela vai sentir mais falta dos chocolatinhos quando acabarem do que de qualquer moeda de prata. Ela espera que ainda demore um pouco, mas, quando acontecer, tudo bem. *C'est la vie*, como seu pai gosta de dizer. Ou *merde se*, o que significa "merdas acontecem".

Antes de guardar a caixa, ela olha para os botões e nomeia os continentes que representam. Toca um de cada vez. Eles a atraem; ela gosta de como cada toque

A PEQUENA CAIXA DE GWENDY

parece enchê-la de uma cor diferente, mas fica longe do preto. Aquele dá medo. Bom... todos dão um pouco de medo, mas o preto parece uma verruga grande e escura, feia e talvez cancerígena.

No sábado, os Peterson embarcam na perua Subaru e vão visitar a irmã do pai dela em Yarmouth. Gwendy normalmente gosta dessas visitas, porque as gêmeas da tia Dottie e do tio Jim são quase da mesma idade que ela, e as três sempre se divertem juntas. Costumam sair para ver um filme na noite de sábado (desta vez, uma exibição dupla no Pride's Corner Drive-In, *O último golpe* e *60 segundos*), e as primas se deitam no chão em sacos de dormir e conversam quando o filme fica chato.

Gwendy não deixa de se divertir dessa vez, mas os pensamentos ficam voltando para a caixa. E se alguém a encontrasse e a roubasse? Ela sabe que é improvável: um ladrão olharia apenas dentro de casa, não procuraria nada no quintal. Mas o pensamento não vai embora. Parte disso é possessividade; a caixa é *dela*. Parte é desejar os chocolates. Mas a maior parte tem a ver com os botões. Um ladrão os veria, se perguntaria para que serviam e os apertaria. O que aconteceria? Principalmente se ele apertasse o preto? Ela já está começando a pensar nele como o Botão do Câncer.

Quando a mãe diz que quer ir embora cedo no domingo (vai haver uma reunião do Ladies Aid e a sra. Peterson é tesoureira naquele ano), Gwendy fica aliviada. Quando eles chegam em casa, ela coloca a calça jeans velha e sai. Fica um pouco no balanço e finge deixar uma coisa cair e se ajoelha, como se estivesse procurando. O que está procurando mesmo é a bolsa de lona. Ainda está no lugar certo... mas isso não basta. Furtivamente, ela estica a mão entre duas raízes retorcidas e sente a caixa lá dentro. Um dos botões está bem embaixo dos dois primeiros dedos (dá para sentir a superfície convexa), e ela tira a mão rapidamente, como se tivesse tocado em uma panela quente. Ainda assim, fica aliviada. Pelo menos até uma sombra assomar sobre ela.

— Quer que eu te empurre no balanço, gatinha? — pergunta o pai.

— Não — responde ela, levantando-se e limpando os joelhos. — Estou grande demais. Acho que vou entrar e ver televisão.

Ele a abraça, ajeita os óculos da filha e passa os dedos pelo cabelo louro dela, soltando alguns nós.

— Você está ficando alta. Mas sempre vai ser minha garotinha. Não é, Gwennie?

— Isso aí, papai — diz ela, e volta para casa. Antes de ligar a televisão, ela olha para o quintal pela janela em cima da pia (sem ter que ficar na ponta dos pés para isso agora). Vê o pai empurrar o balanço de pneu. Espera

A PEQUENA CAIXA DE GWENDY

para ver se ele vai ficar de joelhos, talvez curioso com o que ela estava procurando. Ou olhando. Quando ele se vira e sai andando na direção da garagem, Gwendy vai para a sala, coloca *Soul Train* e dança junto com Marvin Gaye.

3

Na segunda-feira, quando Gwendy volta da corrida pela Escadaria Suicida, a alavanca perto do botão vermelho solta um gatinho de chocolate. Ela experimenta a outra alavanca, sem esperar nada, mas o buraco se abre, a prateleirinha sai, e nela há outro dólar de prata de 1891 sem nenhuma marca ou arranhão nos dois lados, algo que em breve ela vai descobrir que significa que aquela moeda não entrou em circulação. Gwendy solta uma baforada e enevoa as feições de Anna Willess Williams, depois esfrega a antiga matrona da Filadélfia na camisa até fazê-la brilhar de novo. Agora, tem duas moedas de prata, e se o sr. Farris estivesse certo sobre o valor, é quase dinheiro suficiente para pagar dois semestres na Universidade do Maine. Ainda bem que vai demorar bastante até a faculdade, porque como uma garota de doze anos poderia vender moedas tão valiosas? Imagine as perguntas que fariam!

Pense nas perguntas que a caixa *despertaria!*

Ela toca nos botões de novo, evitando o preto horrendo, mas desta vez ficando um tempo com o dedo perto do vermelho, a ponta circulando ao redor, sentindo uma estranha combinação de angústia e prazer sensual. Por fim, guarda a caixa de botões no esconderijo e vai de bicicleta até a casa de Olive. Elas fazem folhado de morango sob o olhar atento da mãe de Olive, depois sobem e escutam discos de novo. A porta se abre e a mãe de Olive entra, mas não pede para elas abaixarem o volume, como as duas esperavam. Não, ela também quer dançar. É divertido. As três dançam e gargalham como loucas, e quando Gwendy vai para casa, ela faz uma refeição farta.

Mas sem repetir.

4

A CASTLE ROCK MIDDLE até que é legal, no fim das contas. Gwendy se reaproxima dos antigos amigos e faz alguns novos. Ela repara que está chamando a atenção de alguns garotos, mas isso não é um problema, já que nenhum deles é Frankie Stone ou a chama de Goodyear. Graças à Escadaria Suicida, o apelido ficou para trás. De aniversário, em outubro, ela ganha um pôster de Robby Benson, uma televisão pequena para o quarto (meu Deus, que alegria) e aulas sobre como trocar os lençóis da cama (não tão bom, mas também não é ruim). Naquele ano, Gwendy entra para o time de futebol e para a equipe feminina de corrida, onde logo se destaca.

Os chocolates continuam saindo da caixa, e não há dois idênticos, sempre com detalhes impressionantes. A cada semana ou duas, também recebe uma moeda de prata, sempre com a data de 1891. Os dedos passam cada vez mais tempo no botão vermelho, e às vezes ela se ouve sussurrar "O que você quiser, o que você quiser".

A srta. Chiles, professora de história do sétimo ano, é jovem, bonita e dedicada a tornar as aulas as mais interessantes possíveis. Às vezes, os esforços são ridículos, mas de vez em quando ela tem um sucesso estrondoso. Logo antes das férias de Natal, a professora anuncia que a primeira aula do novo ano vai ser o Dia da Curiosidade. Cada aluno tem que pensar em uma coisa histórica sobre a qual tem curiosidade, e a srta. Chiles vai tentar satisfazer essa curiosidade. Se não conseguir, vai repassar a pergunta para a turma, para discussão e especulação.

— Só não valem perguntas sobre a vida sexual dos presidentes — diz ela, o que faz os garotos gargalharem e as garotas darem risadinhas histéricas.

Quando o dia chega, as perguntas são bem diversas. Frankie Stone quer saber se os astecas realmente comiam corações humanos, e Billy Day quer saber quem fez as estátuas na Ilha de Páscoa, mas a maioria das perguntas do Dia da Curiosidade em janeiro de 1975 é no estilo "e se". E se os estados do Sul tivessem vencido a Guerra de Secessão? E se George Washington tivesse morrido de, sei lá, fome ou de frio no Valley Forge? E se Hitler tivesse se afogado na banheira quando era bebê?

A PEQUENA CAIXA DE GWENDY

Quando chega a vez de Gwendy, ela está preparada, mas ainda um pouco nervosa.

— Não sei se minha pergunta se encaixa na tarefa — diz ela —, mas acho que pode pelo menos ter uma coisa... histórica...

— Implicações históricas? — sugere a srta. Chiles.

— Sim! Isso!

— Tudo bem. Pode falar.

— E se você tivesse um botão, um botão mágico, e quando apertasse pudesse matar alguém, ou só fazer essa pessoa desaparecer, ou explodir qualquer lugar em que você pensasse? Que pessoa você faria desaparecer ou que lugar explodiria?

Um silêncio respeitoso se espalha enquanto a turma considera esse conceito maravilhoso e sanguinário, mas a srta. Chiles está com a testa franzida.

— Via de regra — diz ela —, apagar gente do mundo, seja por assassinato ou desaparecimento, é uma ideia muito ruim. Explodir *qualquer* lugar também.

Nancy Riordan diz:

— E Hiroshima e Nagasaki? Quer dizer que explodir esses lugares foi ruim?

A srta. Chiles parece surpresa.

— Não, não exatamente, mas pense em todos os civis inocentes que foram mortos quando bombardeamos essas cidades. Nas mulheres e crianças. Nos bebês. E na radiação depois! Isso matou ainda mais gente.

— Eu entendo — diz Joey Lawrence —, mas meu avô lutou contra os japas na guerra, ele estava em Guadalcanal e Tarawa, e disse que muitos caras que lutavam ao lado dele morreram. Disse que foi um milagre *ele* não ter morrido. Meu avô diz que soltar aquelas bombas fez com que a gente não tivesse que invadir o Japão, e poderíamos ter perdido um milhão de homens se tivéssemos feito isso.

A ideia de matar alguém (ou fazer com que essa pessoa desaparecesse) meio que se perdeu, mas tudo bem por Gwendy. Ela está ouvindo, absorta.

— É um ótimo ponto — afirma a srta. Chiles. — Turma, o que acham? Vocês destruiriam um lugar se pudessem, apesar da perda de vidas civis? Se sim, que lugar e por quê?

Eles conversam sobre isso pelo resto da aula. Hanói, afirma Henry Dussault. Era só explodir aquele tal Ho Chi Minh e acabar com a guerra idiota do Vietnã de uma vez por todas. Muitos concordam. Ginny Brooks acha que seria ótimo se a Rússia desaparecesse do mapa. Mindy Ellerton é a favor de erradicar a China, porque seu pai diz que os chineses estão dispostos a iniciar uma guerra nuclear porque tem muita gente lá. Frankie Stone sugere acabar com os guetos americanos, onde "aquela gente preta está fazendo drogas e matando a polícia".

A PEQUENA CAIXA DE GWENDY

Depois da aula, enquanto Gwendy está pegando a bicicleta no bicicletário, a srta. Chiles se aproxima dela, sorrindo.

— Eu só queria agradecer pela sua pergunta — diz ela. — Fiquei um pouco chocada no começo, mas acabou sendo uma das melhores aulas que tivemos este ano. Acredito que todos participaram, menos você, o que é estranho, porque foi você quem fez a pergunta. Tem algum lugar que você explodiria se tivesse esse poder? Ou alguém de quem... er... se livraria?

Gwendy sorri para ela.

— Não sei. Foi por isso que fiz a pergunta.

— Que bom que um botão assim não existe de verdade.

— Mas existe — diz Gwendy. — Nixon tem um. Brejnev também. E algumas outras pessoas.

Depois de dar essa lição na srta. Chiles, não de história, mas de eventos atuais, Gwendy monta na bicicleta que já está ficando pequena demais para ela.

5

Em junho de 1975, Gwendy para de usar os óculos.

A sra. Peterson a repreende.

— Sei que garotas da sua idade começam a pensar em meninos, não esqueci tudo de quando eu tinha treze anos, mas essa história de que os garotos não se interessam por garotas de óculos é... não fale para o seu pai que eu disse isso, mas é papo de merda. A verdade, Gwennie, é que os garotos se interessam por qualquer coisa de saia. Além disso, você é nova demais para namorar.

— Mãe, quantos anos você tinha quando beijou um garoto pela primeira vez?

— Dezesseis — responde a sra. Peterson, sem hesitar. Na verdade, ela tinha onze anos e beijou Georgie McClelland no mezanino do celeiro da família dele.

Ah, como eles se beijaram naquele dia. — E saiba, Gwennie, que você é uma garota muito bonita, com ou sem óculos.

— Obrigada por dizer isso — diz Gwendy —, mas eu enxergo melhor sem eles. Estão fazendo meus olhos doerem agora.

A sra. Peterson não acredita, então leva a filha ao dr. Emerson, o oftalmologista de Castle Rock. Ele também não acredita... pelo menos até Gwendy entregar os óculos e ler o pôster de cima a baixo.

— Caramba — diz ele. — Já ouvi falar disso, mas é extremamente raro. Você deve estar comendo muita cenoura, Gwendy.

— Acho que deve ser isso.

Ela sorri, pensando: *São os chocolates que estou comendo. Animais mágicos de chocolate que não acabam nunca.*

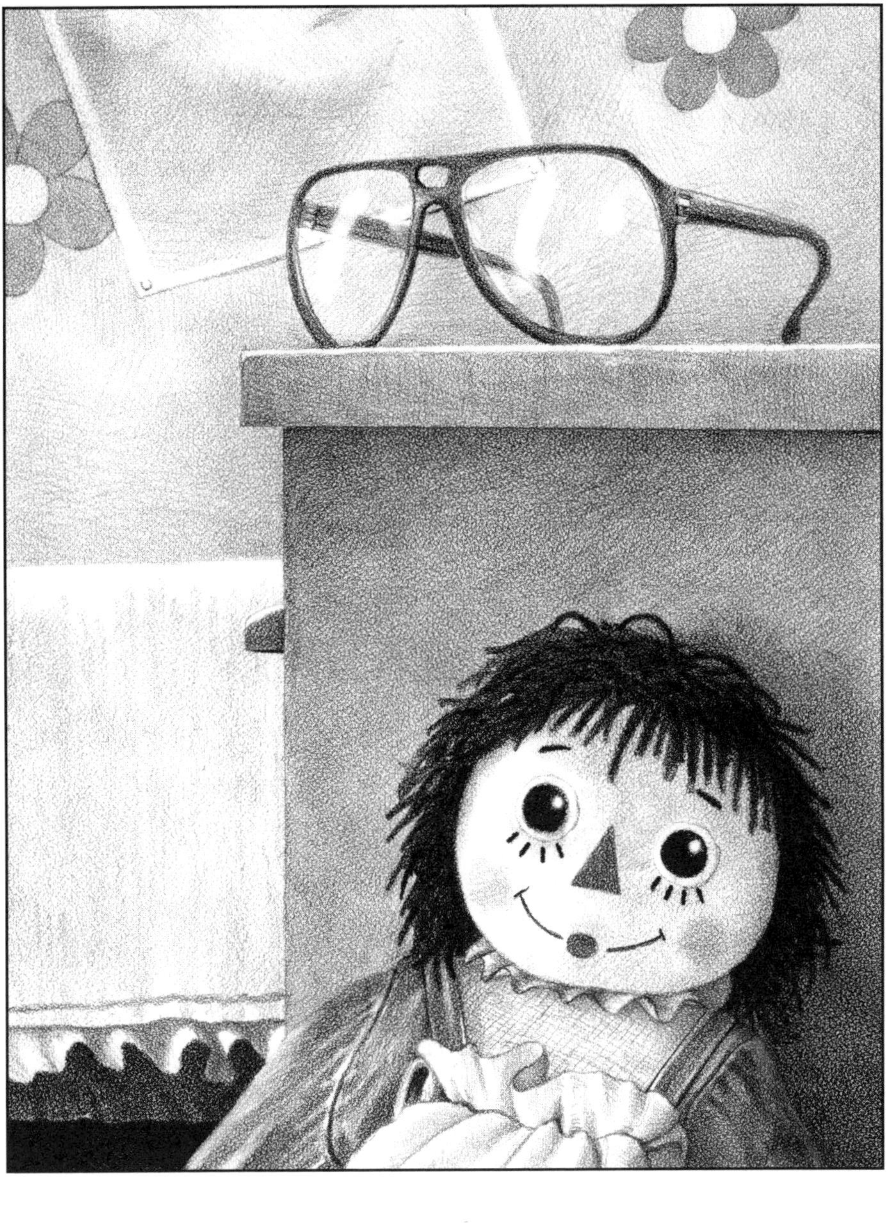

6

As preocupações de Gwendy de a caixa ser descoberta ou roubada são como um zumbido constante na sua cabeça, mas tais preocupações nunca chegam nem perto de dominar sua vida. Passa por sua cabeça que talvez esse tenha sido um dos motivos de o sr. Farris ter dado a caixa para ela. Porque ele disse *você é especial*.

Ela vai bem nas aulas, tem um papel importante na peça do oitavo ano (e nunca esquece nenhuma fala) e continua na equipe de corrida. A corrida é a melhor coisa; quando a euforia entra em ação, até o zumbido de fundo da preocupação desaparece. Às vezes, ela se ressente do sr. Farris por jogar a responsabilidade da caixa nas costas dela, mas na maior parte do tempo, não. Como ele disse, a caixa de botões dá presentes. *Recompensas pequenas*, disse ele, mas os presentes não parecem muito pequenos para Gwendy: sua memória está melhor, ela não quer mais comer tudo que tem na geladeira, sua visão está perfeita, ela consegue correr como o vento, e tem mais uma coisa. Sua mãe disse que ela era muito bonita, mas sua amiga Olive vai mais longe.

— Jesus, você está deslumbrante — diz ela para Gwendy certo dia, não parecendo nada feliz. As duas estão no quarto de Olive de novo, desta vez discutindo os mistérios do ensino médio, que logo vão começar a descobrir. — Sem óculos e sem uma espinha sequer. Não é justo. Os garotos vão precisar formar uma fila.

Gwendy ri, mas sabe que Olive está certa. Ela *está* mesmo bonita, e o deslumbre não está fora das possibilidades do futuro. Talvez na época da faculdade. Só que, quando se mudar para a faculdade, o que ela vai fazer com a caixa de botões? Não dá para deixar embaixo da árvore no quintal, dá?

Henry Dussault a convida para o baile de boas--vindas do nono ano, segura a mão dela no caminho para casa e a beija quando os dois chegam à casa dos Peterson. Não é ruim ser beijada, só que o bafo de Henry é meio nojento. Ela espera que o próximo garoto que beijar seja um usuário regular de Listerine.

Ela acorda às duas da manhã na noite do baile com as mãos na boca para sufocar um grito, ainda mergulhada no pesadelo mais vívido que já teve. Nele, ela olhava

A PEQUENA CAIXA DE GWENDY

pela janela acima da pia da cozinha e via Henry sentado no balanço (que o pai de Gwendy tinha tirado um ano atrás). Ele estava com a caixa de botões no colo. Gwendy saiu correndo aos gritos, dizendo para ele não apertar nenhum botão, principalmente o preto.

Ah, este aqui?, perguntou Henry, sorrindo, e enfiou o polegar no Botão do Câncer.

Acima deles, o céu ficou preto. O chão começou a rugir como uma coisa viva. Gwendy sabia que, em todo o mundo, marcos famosos estavam caindo e mares estavam subindo. Em momentos, *meros momentos*, o planeta explodiria como um balão, e entre Marte e Vênus não haveria nada além de um segundo cinturão de asteroides.

— Foi um sonho — diz Gwendy, indo até a janela do quarto. — Um sonho, só um sonho, nada além de um sonho.

Sim. A árvore está lá, agora sem o balanço de pneu, e não há sinal de Henry Dussault. Mas, se ele estivesse com a caixa e soubesse o que cada botão representava, o que faria? Apertaria o vermelho e explodiria Hanói? Ou mandaria tudo para o inferno e apertaria o verde-claro?

— E explodiria toda a Ásia — sussurra ela.

Porque, sim, é isso que os botões fazem. Ela sabia desde o começo, como o sr. Farris disse. O violeta explode a América do Sul, o laranja explode a Europa, o vermelho faz o que você quiser, o que você estiver pensando. E o preto?

O preto explode tudo.

— Não pode ser — sussurra ela enquanto volta para a cama. — É maluquice.

Só que o mundo é maluco. Basta assistir ao noticiário para saber.

Quando chega da escola no dia seguinte, Gwendy vai para o porão com um martelo e um cinzel. As paredes são feitas de pedra, e ela consegue arrancar uma delas no canto mais distante da porta. Usa o cinzel para aumentar o buraco até ficar grande o suficiente para a caixa de botões. Enquanto trabalha, olha o relógio constantemente sabendo que o pai chega em casa às cinco, e a mãe, no máximo às cinco e meia.

Ela corre até a árvore, pega a bolsa de lona com a caixa de botões e os dólares de prata dentro (as moedas estão agora bem mais pesadas do que a caixa, apesar de terem *vindo* da caixa) e volta correndo para casa. O buraco tem o tamanho certo. E a pedra encaixa no lugar como a última peça de um quebra-cabeça. Por garantia, ela bota uma escrivaninha velha na frente, e então finalmente pode respirar tranquila. Henry não vai conseguir encontrá-la agora. *Ninguém* vai conseguir encontrá-la.

A PEQUENA CAIXA DE GWENDY

— Eu devia jogar essa caixa maldita no lago Castle — sussurra ela ao subir a escada do porão. — Acabar logo com isso.

Só que Gwendy sabe que é impossível. A caixa lhe pertence, ao menos até o sr. Farris voltar para buscar. Às vezes, ela torce para que ele volte. Às vezes, torce para que ele nunca volte.

Quando o sr. Peterson chega em casa, olha para a filha com a testa franzida de preocupação.

— Você está toda suada. Está se sentindo bem?

Ela sorri.

— Estava correndo, só isso. Estou bem.

E, no geral, está mesmo.

7

No verão depois do nono ano, Gwendy está se sentindo *muito* bem mesmo.

Para começar, ela cresceu mais dois centímetros e meio desde o início das férias (apesar de ainda não ter passado nem o Quatro de Julho) e está com um bronzeado sensacional. Diferentemente da maioria dos colegas, Gwendy nunca tinha ficado realmente bronzeada. Na verdade, o verão anterior foi o primeiro da vida em que ousou usar roupa de banho em público e, mesmo assim, ela escolheu um maiô modesto. Maiô de vovó, provocara sua melhor amiga Olive em uma tarde na piscina comunitária.

Mas isso foi antes, e agora é diferente; não vai ter maiô de vovó neste verão. No começo de junho, a sra. Peterson e Gwendy vão até o shopping no centro de

A PEQUENA CAIXA DE GWENDY

Castle Rock e voltam para casa com chinelos iguais e dois biquínis coloridos. Um amarelo vibrante e um vermelho ainda mais vivo com bolinhas brancas. O amarelo logo se torna o preferido de Gwendy. Ela nunca vai admitir para ninguém, mas quando se observa no espelho de corpo inteiro na privacidade do quarto, ela acredita secretamente que é parecida com a garota da propaganda do Coppertone. Isso nunca deixa de alegrá-la.

Mas é mais do que apenas pernas bronzeadas e biquínis amarelinhos com bolinhas, tão pequenininhos. Outras coisas também melhoraram. Os pais dela, por exemplo. Ela nunca chegaria ao ponto de classificar seus pais como alcoólatras, não exatamente, nunca em voz alta, mas tem plena consciência de que eles bebiam demais, e acha que sabe o motivo: em algum momento, mais ou menos quando Gwendy estava terminando o terceiro ano, os pais pararam de se amar. Como nos filmes. Martínis noturnos e a seção de negócios do jornal (para o sr. Peterson) e coquetéis e romances (para a sra. Peterson) aos poucos substituíram as caminhadas em família pelo bairro e os quebra-cabeças na mesa de jantar.

Durante boa parte do ensino fundamental, Gwendy sofreu essa deterioração familiar com uma sensação de preocupação silenciosa. Ninguém dizia nada para ela sobre o que estava acontecendo, e ela também não dizia

A PEQUENA CAIXA DE GWENDY

nada para ninguém, principalmente para a mãe e o pai. Não saberia como iniciar uma conversa dessas.

Só que, não muito depois da chegada da caixa de botões, tudo começou a mudar.

O sr. Peterson chegou cedo do trabalho uma noite com um buquê de margaridas (as flores favoritas da sra. Peterson) e notícias de uma promoção inesperada na seguradora. Eles comemoraram com pizza no jantar e sundaes e, surpresa, uma longa caminhada pelo bairro.

Um tempo depois, no começo do inverno anterior, Gwendy reparou que eles pararam de beber. Não foi uma coisa gradual; eles apenas pararam. Um dia, depois da aula, antes de os pais voltarem para casa do trabalho, ela procurou pela casa toda de cabo a rabo, mas não encontrou uma única garrafa de bebida alcoólica. Nem a geladeira velha da garagem guardava as garrafas da cerveja favorita do sr. Peterson, Black Label. Tinham sido substituídas por uma caixa de refrigerante.

Naquela noite, enquanto seu pai comprava espaguete no Gino's, Gwendy perguntou à mãe se eles tinham mesmo parado de beber. A sra. Peterson riu.

— Se você quer saber se entramos no AA ou se ficamos na frente do padre O'Malley e fizemos um juramento, não.

— Bom... de quem foi a ideia? Sua ou dele?

A mãe de Gwendy fez uma expressão vaga.

— Acho que nem conversamos sobre isso.

Gwendy deixou isso pra lá. Outra frase de seu pai parecia aplicável: *A cavalo dado não se olham os dentes.*

Uma semana depois, a cereja no topo desse pequeno milagre: Gwendy foi até o quintal para pedir ao pai uma carona até a biblioteca e ficou surpresa de encontrar o sr. e a sra. Peterson de mãos dadas, sorrindo um para o outro. Só parados lá, usando casacos de inverno e com a respiração enevoando no ar, olhando um nos olhos do outro como os amantes há muito separados da novela *Days of Our Lives*. Gwendy, de boca aberta, parou na mesma hora e avaliou a cena. Lágrimas surgiram nos seus olhos. Ela não os via se olhando assim desde nem sabia quando. Talvez nunca. Parada no último degrau da cozinha, os protetores de orelha pendurados na mão enluvada, ela pensou no sr. Farris e na caixa mágica dele.

Eu fiz isso. Não sei como nem por quê, mas fiz isso. Não é só comigo. É tipo uma espécie de… sei lá…

— Guarda-chuva — sussurrou ela.

E era isso mesmo: um guarda-chuva que podia proteger sua família do sol em excesso e também manter a chuva afastada. Tudo estava bem, e desde que um vento forte não aparecesse e não virasse o guarda-chuva do avesso, tudo ficaria bem. E por que isso aconteceria? *Não vai. Não pode. Não enquanto eu estiver cuidando da caixa. Tenho que cuidar. É a minha caixa de botões agora.*

8

Em uma noite de quinta-feira no começo de agosto, Gwendy está arrastando a lata de lixo para a calçada quando Frankie Stone encosta no meio-fio com o El Camino azul. Os Rolling Stones estão tocando no som, e Gwendy sente um odor de maconha saindo pela janela aberta. Ele abaixa a música.

— Quer dar uma volta, gata?

Frankie Stone cresceu, mas não de um jeito bom. Ele tem cabelo castanho oleoso, acne espalhada como uma explosão pela cara e uma tatuagem malfeita do AC/DC no braço. Também sofre do pior caso de cê-cê que Gwendy já viu. Há boatos de que ele deu um "boa-noite, Cinderela" para uma garota hippie em um show e a estuprou. Não deve ser verdade — ela sabe como os adolescentes são bons em espalhar boatos maldosos —, mas ele *parece* ser o tipo de pessoa capaz de colocar uma droga na bebida de uma garota.

— Não posso — diz Gwendy, desejando estar usando mais do que o shortinho jeans e um top. — Tenho dever de casa pra fazer.

— Dever? — Frankie faz cara feia. — Para com isso, quem faz dever no verão, porra?

— É que... estou fazendo um curso de verão na faculdade comunitária.

Frankie se inclina para fora da janela, e apesar de ainda estar a uns três metros dela, Gwendy sente o bafo dele.

— Você não está mentindo para mim, está, gata?

Ele sorri.

— Não estou mentindo. Boa noite, Frankie. É melhor eu entrar e voltar para os meus livros.

Gwendy se vira e começa a voltar para casa, se sentindo bem sobre a forma como lidou com ele. Deu quatro ou cinco passos quando uma coisa dura a acerta na nuca. Ela dá um grito, não de dor, mas de surpresa, virando-se para a rua. Uma lata de cerveja gira preguiçosamente aos seus pés, espalhando espuma no chão.

— Igual a todas as putas metidas — diz Frankie. — Achei que você era diferente, mas não é. É só mais uma babaca que se acha boa demais pra todo mundo.

Gwendy massageia a nuca. Tem um caroço feio crescendo ali, e ela se encolhe de dor quando os dedos tocam o local.

— É melhor você ir, Frankie. Antes que eu chame meu pai.

— Foda-se seu pai e foda-se você. Eu te conhecia quando você não passava de uma porra de uma gorda feiosa. — Frankie aponta o dedo para ela como uma arma e sorri. — E vai voltar a ser, sabe? Garotas gordas viram mulheres gordas. Nunca falha. Vejo você por aí, Goodyear.

Ele vai embora mostrando o dedo do meio pela janela, os pneus queimando borracha. Só agora Gwendy permite que as lágrimas caiam enquanto corre para dentro de casa.

Naquela noite, ela sonha com Frankie Stone. No sonho, ela não fica parada sem fazer nada no caminho de casa, com o coração na garganta. No sonho, ela parte para cima de Frankie, e antes que ele consiga arrancar com o carro, ela pula pela janela aberta do motorista e segura o braço esquerdo dele. Ela o gira até ouvir (e sentir) os ossos se quebrando. E quando ele grita, ela diz: *Como está seu pau enorme agora, Frankie? Aposto que está mais pra seis centímetros do que sessenta. Não devia ter se metido com a Rainha da Caixa de Botões.*

A PEQUENA CAIXA DE GWENDY

Ela acorda de manhã e se lembra do sonho com um sorriso sonolento, mas, como acontece com a maioria dos sonhos, os detalhes desaparecem com o nascer do sol. Ela só volta a pensar no sonho duas semanas depois, durante uma conversa no café da manhã com o pai em uma manhã preguiçosa de sábado. O sr. Peterson termina o café e coloca o jornal na mesa.

— Seu amigo Frankie Stone está no jornal.

Gwendy para de mastigar.

— Ele não é meu amigo, eu odeio esse cara. Por que ele está no jornal?

— Sofreu um acidente de carro ontem à noite na estrada Hanson. Devia estar bêbado, apesar de a notícia não dizer. Bateu em uma árvore. Está bem, mas se machucou bastante.

— Se machucou como?

— Levou alguns pontos na cabeça e no ombro. Está com o rosto todo cortado. O braço quebrado. Fraturas múltiplas, de acordo com a notícia. Vai levar muito tempo pra se recuperar. Quer ver?

Ele empurra o jornal pela mesa. Gwendy o empurra de volta e coloca o garfo na mesa com cuidado. Ela sabe que não vai conseguir comer mais nada, assim como sabe sem perguntar que o braço que Frankie Stone quebrou foi o esquerdo.

A PEQUENA CAIXA DE GWENDY

Naquela noite, na cama, tentando afastar os pensamentos perturbados em turbilhão na cabeça, Gwendy conta quantos dias de férias faltam até que ela tenha que voltar para a escola.

Isso acontece no dia 22 de agosto de 1977. Exatamente três anos depois que o sr. Farris e a caixa de botões entraram na vida dela.

9

Uma semana antes de Gwendy começar o primeiro ano do ensino médio na Castle Rock High, ela sobe a Escadaria Suicida correndo pela primeira vez em quase um ano. O dia está fresco com uma brisa leve, e ela chega ao topo sem nem começar a suar. Faz alongamentos por um tempinho e olha para baixo: consegue ver os tênis inteiros.

Ela anda até a amurada e observa a vista. É o tipo de manhã que faz você desejar que a morte não existisse. Ela olha o lago Dark Score, depois se vira para o parquinho, vazio agora exceto por uma jovem mãe empurrando um bebê num balanço. Seus olhos finalmente pousam no banco onde ela conheceu o sr. Farris. Gwendy vai até lá e se senta.

Com cada vez mais frequência, uma vozinha na cabeça dela faz perguntas para as quais ela não tem respostas. *Por que você, Gwendy Peterson? Entre todas as pessoas neste mundo, por que ele escolheu você?*

Outras perguntas são ainda mais assustadoras: *De onde ele veio? Por que estava de olho em você?* (As palavras exatas dele!) *Que diabos é aquela caixa... e o que está fazendo comigo?*

Gwendy fica sentada no banco por muito tempo, pensando e observando as nuvens passarem. Então se levanta e desce correndo a Escadaria Suicida, para ir para casa. As perguntas continuam lá: *Quanto da vida dela é obra dela mesma e quanto é obra da caixa, com seus chocolates e botões?*

10

O PRIMEIRO ANO DO ENSINO MÉDIO começou de forma incrível. Um mês depois do primeiro dia de aula, Gwendy é eleita presidente da turma, é escolhida para ser a capitã do time de futebol júnior da escola e é convidada para ir ao baile por Harold Perkins, um aluno bonito do terceiro ano que era do time de futebol americano (a propósito, o encontro no baile não acontece, pois Gwendy larga o pobre Harold depois que ele fica tentando passar a mão nela no primeiro encontro deles, em uma sessão de *Herança Nuclear* no drive-in). Tem muito tempo para essas coisas quando ela for mais velha, como sua mãe gosta de dizer.

No seu décimo sexto aniversário, em outubro, ela ganha um pôster da banda Eagles parada na frente do Hotel California (*"You can check out any time you like, but you can never leave"*), um aparelho de som com tocador de cartucho e de fita cassete e uma promessa do pai de ensiná-la a dirigir.

Os chocolates continuam saindo da caixa, e não há dois idênticos, sempre com detalhes impressionantes. O pedacinho de paraíso que Gwendy devorou naquela manhã antes da escola era uma girafa; Gwendy não escovou os dentes depois de propósito. Queria aproveitar o sabor incrível pelo máximo de tempo que pudesse.

Gwendy não puxa mais a outra alavanca pequenina com a frequência de antes pelo simples motivo de que ficou sem espaço para esconder as moedas de prata. Agora, o chocolate basta.

Ela ainda pensa no sr. Farris, não com a mesma frequência, e normalmente nas horas longas e vazias da noite, quando tenta lembrar exatamente como ele era e o som da sua voz. Ela tem quase certeza de que o viu uma vez na multidão da Feira de Halloween de Castle Rock, mas estava no alto da roda-gigante naquele momento, e quando o tempo no brinquedo acabou, ele tinha sumido, engolido pelas hordas de pessoas andando pelo parque. Em outra ocasião, ela foi a uma loja de moedas em Portland levando um dos dólares de prata. O valor tinha subido; o vendedor lhe ofereceu 750 dólares por um dos Morgans de 1891, dizendo que nunca tinha visto um em tão boas condições. Gwendy recusou, dizendo

A PEQUENA CAIXA DE GWENDY

para ele (de impulso) que a moeda era um presente do avô e que ela só queria saber quanto valia. Ao sair, viu um homem observando-a do outro lado da rua, um homem usando um chapeuzinho preto. Farris, se é que *era* Farris, abriu um sorriso fugaz e desapareceu na esquina.

Observando-a? Vigiando-a? Seria possível? Ela acha que sim.

E ela ainda pensa nos botões, claro, principalmente no vermelho. Às vezes se vê sentada de pernas cruzadas no chão frio do porão, segurando a caixa de botões no colo, olhando para o botão vermelho sem nenhuma ideia de um lugar para explodir. E depois? Quem decidiria o que seria destruído? Deus? A caixa?

Algumas semanas depois da ida à loja de moedas, Gwendy decide que está na hora de descobrir sobre o botão vermelho de uma vez por todas.

Em vez de passar o quinto tempo, o de estudos, na biblioteca, ela vai até a sala vazia de história geral do sr. Anderson. Há um motivo para isso: o par de mapas retráteis presos ao quadro-negro.

Gwendy considerou uma série de possíveis alvos para o botão vermelho. Ela odeia essa palavra, *alvo*, mas se encaixa bem na situação, e ela não consegue pensar em nada melhor. Dentre as opções iniciais: o lixão de Castle Rock, uma área de floresta destruída atrás dos trilhos da ferrovia e o antigo posto de gasolina Phillips

66 abandonado, onde algumas pessoas vão passar o tempo fumando maconha.

No final, ela decide não só escolher um lugar fora de Castle Rock, mas também fora do país. Era melhor prevenir do que remediar.

Ela anda para trás da mesa do sr. Anderson e observa o mapa com atenção, concentrando-se primeiro na Austrália (onde mais de um terço do país é deserto, como aprendeu na aula) antes de seguir para a África (aquela gente pobre já tem problemas demais) e finalmente se decidir pela América do Sul.

Pelas anotações de história, Gwendy se lembra de dois fatos importantes que alimentam essa decisão: a América do Sul é onde ficam trinta e cinco dos cinquenta países menos desenvolvidos do mundo, e uma percentagem similar dos países menos populosos.

Agora que a escolha foi feita, Gwendy não perde nem um segundo. Ela escreve os nomes de três países pequenos no caderno espiral, um do norte, um do meio do continente e um do sul. Em seguida, corre para a biblioteca para pesquisar mais. Ela olha as fotos e faz uma lista dos mais abandonados.

Naquela tarde, Gwendy se senta na frente do armário do quarto e equilibra a caixa de botões no colo.

Ela coloca um dedo trêmulo em cima do botão vermelho.

A PEQUENA CAIXA DE GWENDY

Fecha os olhos e imagina uma partezinha de um país distante. Com vegetação densa e emaranhada. Uma área de selva onde não mora ninguém. O máximo de detalhes que consegue.

Ela mantém a imagem na cabeça e aperta o botão vermelho.

Não acontece nada. Ele não afunda.

Gwendy enfia o dedo com força no botão vermelho uma segunda e uma terceira vez. O botão continua imóvel. A parte sobre os botões era pegadinha, ao que parece. E a trouxa da Gwendy Peterson acreditou.

Quase aliviada, ela se vira para guardar a caixa quando as palavras do sr. Farris de repente voltam à mente: *Os botões são muito difíceis de apertar. Você tem que usar o polegar e apertar com força. E isso é uma coisa boa. Acredite em mim.*

Ela coloca a caixa no colo de novo... e usa o polegar para apertar o botão vermelho. Bota todo o seu peso. Desta vez, há um *clique* quase inaudível, e Gwendy sente o botão afundar.

Ela olha para a caixa por um momento, pensando *Algumas árvores e talvez alguns animais. Um pequeno terremoto ou talvez um incêndio. Não pode ser mais do que isso.* Ela guarda a caixa no esconderijo na parede do porão. Seu rosto está quente e seu estômago dói. Isso quer dizer que está funcionando?

11

Gwendy acorda na manhã seguinte com febre. Não vai para a escola e passa a maior parte do dia dormindo. Sai do quarto no começo da noite, se sentindo renovada, e encontra os pais assistindo ao noticiário em silêncio. Percebe pela expressão dos dois que tem algo errado. Ela se senta no sofá ao lado da mãe e olha horrorizada o repórter Charles Gibson os levar até a Guiana, um país distante sobre o qual ela aprendeu recentemente algumas informações importantes. Um líder de culto chamado Jim Jones cometeu suicídio e ordenou que mais de novecentos de seus seguidores fizessem o mesmo.

Fotografias granuladas surgem na tela da televisão. Corpos deitados em fileiras, uma selva densa no fundo. Casais abraçados. Mães segurando bebês junto ao peito imóvel. Tantas crianças. Rostos contorcidos de dor.

A PEQUENA CAIXA DE GWENDY

Moscas voando sobre tudo. De acordo com Charles Gibson, enfermeiras borrifaram o veneno na garganta dos pequenos antes de tomarem suas doses.

Gwendy volta para o quarto em silêncio e coloca os tênis e um moletom. Pensa em subir a Escadaria Suicida correndo, mas muda de ideia, com um certo medo de ter um impulso de se jogar. Então faz um circuito de quase cinco quilômetros em volta do bairro, os passos fazendo barulho ritmado no asfalto, o ar frio de outono batendo nas bochechas. *Eu fiz isso*, ela pensa, imaginando as moscas voando sobre os bebês mortos. *Não pretendia, mas fiz.*

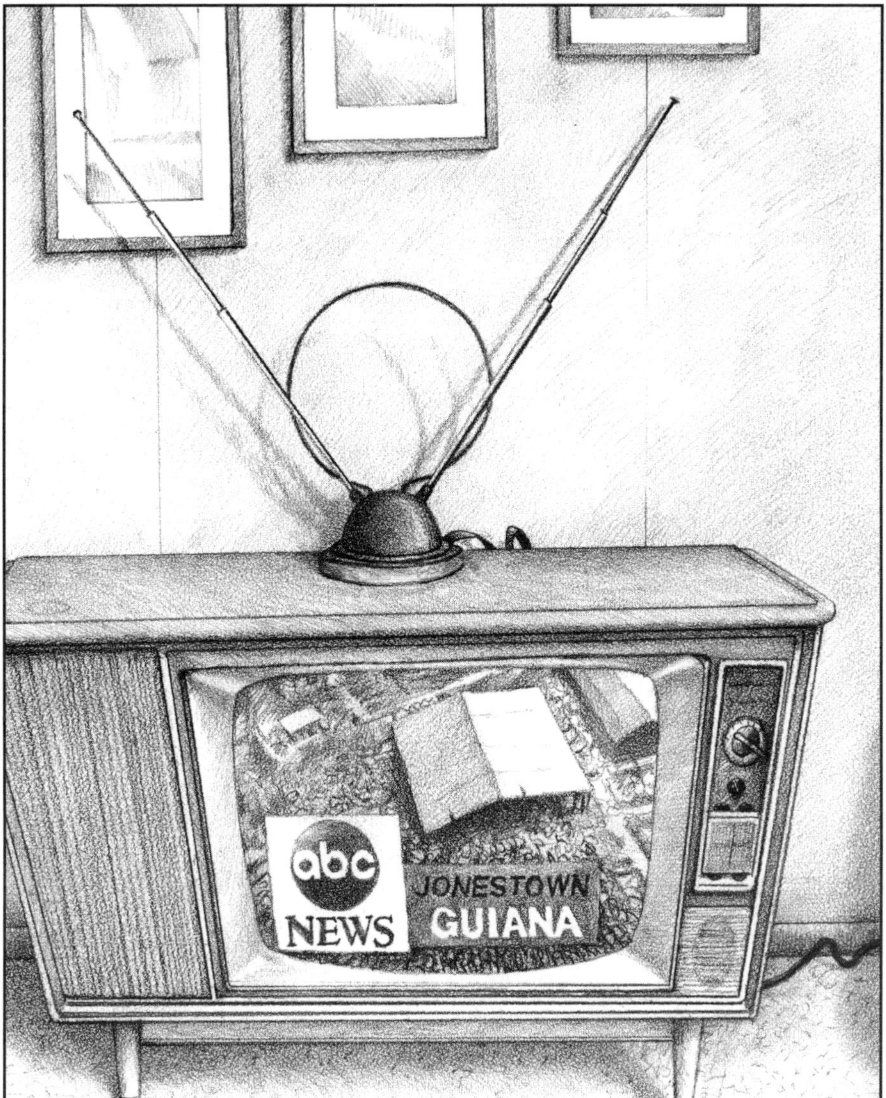
abc
NEWS
JONESTOWN
GUIANA

12

— Você olhou para mim — diz Olive. A voz está calma, mas os olhos estão ardendo de raiva. — Não sei como pode dizer que não me viu parada ali.

— Não vi. Eu juro.

Elas estão sentadas no quarto de Gwendy depois da aula, ouvindo o disco novo de Billy Joel e supostamente estudando para uma prova de inglês. Agora, está óbvio que Olive foi lá com o que ela gosta de chamar de QUESTÕES. Olive tem muitas QUESTÕES agora.

— Acho difícil de acreditar.

Gwendy arregala os olhos.

— Está me chamando de mentirosa? Por que eu passaria por você sem dizer oi?

Olive dá de ombros, os lábios apertados.

— Talvez não queira que todos os seus amigos

populares soubessem que você andava com pessoas como eu.

— Que idiotice. Você é minha melhor amiga, Olive. Todo mundo sabe disso.

Olive solta uma gargalhada.

— Melhor amiga? Sabe quando foi a última vez que fizemos alguma coisa num fim de semana? Esquece as noites de sexta e de sábado, com todos os seus encontros e festas e fogueiras. Estou falando de ficarmos o fim de semana juntas.

— Eu ando ocupada — diz Gwendy, afastando o olhar. Sabe que a amiga está certa, mas por que ela está tão sensível? — Desculpa.

— E você nem gosta de metade daqueles garotos. Bobby Crawford chama você para sair e você dá risadinhas e enrola o cabelo e diz "Claro, por que não?", apesar de nem saber direito o nome dele e nem se importar.

E assim, do nada, Gwendy entende. *Como pude ser tão burra?*

— Eu não sabia que você gostava do Bobby. — Ela se aproxima e coloca a mão no joelho da amiga. — Juro que não sabia. Desculpa.

Olive não diz nada. Aparentemente, a questão permanece presente.

— Isso foi meses atrás. Bobby é um cara legal, mas aquela foi a única vez que saí com ele. Se quiser, posso ligar para ele e falar de você...

A PEQUENA CAIXA DE GWENDY

Olive empurra a mão de Gwendy e fica de pé.

— Não preciso da sua maldita caridade.

Ela se inclina e pega os livros e pastas nos braços.

— Não é caridade. Eu só achei...

— Isso é problema seu — diz Olive, afastando-se de novo. — Você só pensa em você. É tão egoísta. — Ela sai do quarto batendo os pés e fecha a porta com força ao passar.

Gwendy não consegue acreditar, e seu corpo treme de mágoa. De repente, a mágoa explode e vira raiva.

— Vai pro inferno! — grita ela para a porta fechada. — Se você quer uma questão para resolver, que tal cuidar dessa sua *inveja*?

Ela se joga na cama, as lágrimas escorrendo, as palavras cruéis ecoando: *Você só pensa em você. É tão egoísta.*

— Não é verdade — sussurra Gwendy para o quarto vazio. — Eu penso nos outros. Tento ser uma pessoa boa. Cometi um erro na Guiana, mas fui... fui enganada, e nem fui eu que envenenei as pessoas. *Não fui eu.*

Só que meio que foi.

Gwendy chora até dormir e sonha com enfermeiras dando seringas envenenadas para criancinhas.

13

Ela tenta se desculpar no dia seguinte, na escola, mas Olive se recusa a falar com ela. Na sexta, um dia depois, é a mesma coisa. Pouco antes de o último sinal tocar, Gwendy enfia um pedido de desculpas escrito à mão no armário de Olive e torce pelo melhor.

Na noite de sábado, Gwendy e o garoto com quem ela saiu, um menino do segundo ano chamado Walter Dean, param no fliperama a caminho do cinema. No trajeto de carro, Walter pega uma garrafa de vinho que roubou da mãe, e embora Gwendy normalmente recuse esse tipo de coisa, esta noite ela aceita. Ela está triste e confusa e espera que a bebida ajude a melhorar as coisas.

Não ajuda. Ela só fica com uma leve dor de cabeça.

Gwendy cumprimenta vários colegas quando eles entram no fliperama e fica surpresa de ver Olive na fila da lanchonete. Esperançosa, dá um aceno hesitante, mas novamente a amiga a ignora. Um momento depois, Olive passa direto por ela, um refrigerante grande nos braços, o nariz virado para o alto, rindo com um grupo de garotas que Gwendy reconhece de uma escola vizinha.

— Qual é o problema dela? — pergunta Walter antes de colocar uma moeda de vinte e cinco centavos na máquina de Space Invaders.

— É uma longa história.

Gwendy olha para a amiga e sente a raiva voltar. Seu rosto fica vermelho. *Ela sabe o que eu passei. Ei, Goodyear, onde é o jogo de futebol americano? Ei, Goodyear, como é a vista aí de cima? Ela devia estar feliz por mim. Devia…*

Poucos metros à frente, Olive grita quando alguém esbarra no braço dela e faz uma cascata de refrigerante e gelo cair no seu rosto e na parte da frente do suéter novinho. Adolescentes apontam e começam a rir. Olive olha ao redor, constrangida, finalmente encontra o olhar de Gwendy e desaparece no banheiro da lanchonete.

Gwendy, lembrando o sonho sobre Frankie Stone, de repente quer ir para casa, fechar a porta do quarto e se esconder embaixo das cobertas.

14

No dia anterior ao baile que ela combinou de ir com Walter Dean, Gwendy acorda tarde e descobre que o porão foi inundado durante a noite depois de uma forte tempestade de primavera.

— Está mais molhado que peido de feijoada lá embaixo… e fedendo igualzinho — diz o sr. Peterson. — Tem certeza de que quer descer?

Gwendy assente e tenta disfarçar o pânico crescente.

— Preciso dar uma olhada em uns livros velhos e em uma pilha de roupas que deixei para lavar.

O sr. Peterson dá de ombros e volta a assistir à pequena televisão na bancada da cozinha.

— Não se esqueça de tirar os sapatos antes de entrar. E, ei, pode ser que você precise de uma boia.

Gwendy desce correndo pela escada do porão antes

que o pai possa mudar de ideia e entra em uma poça até os tornozelos de água cinza e suja. No começo da manhã, o sr. Peterson conseguiu botar a bomba de água para funcionar, e Gwendy a escuta trabalhando em um canto, mas a máquina vai precisar trabalhar o dia inteiro. Ela percebe pela marca nas paredes de pedra que a água só baixou uns cinco centímetros.

Ela vai até o lado oposto do porão, onde a caixa de botões está escondida, e empurra para o lado a escrivaninha velha. Fica de joelhos em um canto e enfia os braços na água suja, sem conseguir ver as mãos, e solta a pedra.

Seus dedos tocam na lona molhada. Ela puxa a bolsa encharcada do buraco, pega a pedra solta e a coloca no lugar, para que o pai não repare quando a água terminar de ser bombeada para fora.

Estica a mão para o lado para pegar a bolsa com a caixa e as moedas... e ela não está lá.

Gwendy balança as mãos embaixo da água, tentando desesperadamente encontrar a bolsa, mas não está em lugar nenhum. Tem pontos pretos dançando em sua visão, e de repente ela se sente meio tonta. Então se dá conta de que se esqueceu de respirar, abrindo a boca e engolindo o ar fedorento e mofado do porão. Seus olhos e seu cérebro logo começam a clarear.

Gwendy respira fundo para se acalmar e estica as mãos na água suja, desta vez tateando do outro lado.

A PEQUENA CAIXA DE GWENDY

Na mesma hora, seus dedos roçam na bolsa de lona. Ela fica de pé e, como um levantador de peso executando um movimento mortal, levanta a bolsa pesada até a cintura e percorre o porão até as prateleiras ao lado da lavadora e da secadora. Pega duas toalhas secas na prateleira mais alta e faz o melhor que pode para enrolar a bolsa de lona.

— Tudo certo aí embaixo? — grita o pai lá de cima. Ela ouve passos. — Precisa de ajuda? De um tanque de oxigênio e pés de pato, talvez?

— Não, não — diz Gwendy, apressando-se e verificando se a bolsa está escondida. Seu coração parece um martelo hidráulico. — Já estou subindo.

— Você que sabe. — Ela escuta os passos abafados do pai se afastando. Graças a Deus.

Ela pega a bolsa de novo e anda pelo porão alagado o mais rápido que as pernas cansadas aguentam, grunhindo com o peso da caixa e das moedas de prata.

Quando está protegida dentro do quarto, Gwendy tranca a porta e abre a bolsa de lona. A caixa de botões não parece danificada, mas como poderia saber? Ela puxa a alavanca do lado esquerdo e, depois de um momento prendendo a respiração, quando fica totalmente convencida de que a caixa está quebrada, a prateleirinha abre sem ruído, revelando um macaco de chocolate do tamanho de uma jujuba. Ela coloca o chocolate na boca rapidamente, e o delicioso sabor é divino. Ela fecha os olhos enquanto o chocolate derrete na língua.

A bolsa está rasgada em vários lugares e vai ter que ser substituída, mas Gwendy não está preocupada com isso. Ela olha ao redor e escolhe o fundo do armário, onde tem caixas de sapatos em pilhas tortas. Os pais não se preocupam mais em organizar o armário dela.

Após tirar um par de botas velhas de uma caixa de papelão enorme e jogá-las do outro lado do armário, Gwendy coloca com cuidado a caixa de botões dentro e acrescenta a pilha de moedas de prata. Quando a tampa está no lugar, ela a empurra (está pesada demais para ser carregada agora; o papelão rasgaria) para as sombras no fundo do armário. Depois, coloca outras caixas de sapatos em cima e na frente.

Ela se levanta, se afasta e observa o trabalho. Convencida de que fez um serviço competente, pega a bolsa de lona encharcada e vai para a cozinha, para jogá-la no lixo e pegar uma tigela de cereal de café da manhã.

Fica em casa pelo resto do dia, vendo televisão e folheando distraída o livro de história. A cada meia hora, mais ou menos, mais de doze vezes no total, ela se levanta do sofá, anda pelo corredor e espia o quarto, para ter certeza de que a caixa ainda está em segurança.

A PEQUENA CAIXA DE GWENDY

Depois chega a hora do baile, e ela descobre que precisa se obrigar a botar o vestido rosa, passar a maquiagem e sair de casa.

Essa é a minha vida agora?, ela pensa ao entrar no ginásio de Castle Rock. *Aquela caixa é a minha vida?*

15

Vender as moedas de prata só volta à mente de Gwendy quando ela vê o cartaz grudado na vitrine do Castle Rock Diner. Depois disso, é a única coisa em que consegue pensar. Houve aquela ida à loja de moedas,

A PEQUENA CAIXA DE GWENDY

verdade, mas foi mais de natureza exploratória. Agora, porém, as coisas mudaram. Gwendy quer estudar em uma universidade da Ivy League depois que se formar no ensino médio, e esses lugares não são baratos. Ela planeja se candidatar a empréstimos e bolsas; com as notas que tem as chances são boas de conseguir alguma coisa, mas será o suficiente? Provavelmente não. *Certamente* não.

A *única* certeza são os dólares de prata Morgan de 1891 empilhados em uma caixa de sapatos no fundo do armário. Mais de cem na última contagem.

Gwendy sabe por ter folheado edições antigas da revista especializada em moedas *COINage* na farmácia que o preço dos Morgans não está o mesmo; na verdade, está subindo. De acordo com a revista, a inflação e a incerteza global estão ditando o mercado de moedas de ouro e prata. Sua primeira ideia era vender moedas suficientes (talvez em Portland, mais provavelmente em Boston) para pagar a faculdade e pensar em como explicar a origem do dinheiro apenas quando fosse absolutamente necessário. Talvez ela diga que achou por aí. Difícil de acreditar, mas também difícil de provar que não aconteceu. (Os planos de adolescentes de dezesseis anos raramente são resultado de reflexão.)

A feira de moedas e selos dá outra ideia a Gwendy. Uma ideia melhor.

A PEQUENA CAIXA DE GWENDY

O plano é levar dois dólares de prata, o suficiente para ver como se sairia, e ir de bicicleta até o vfw logo no começo do fim de semana para ver quanto consegue por eles. Se conseguir vender as moedas por um bom dinheiro, ela vai saber o que fazer.

16

A primeira coisa em que Gwendy repara quando entra no vfw às dez e quinze da manhã de sábado é o tamanho do lugar. Não parecia tão amplo de fora. As mesas dos comerciantes estão arrumadas em um retângulo comprido e fechado. Os vendedores, a maioria homens, estão dentro do retângulo. Os clientes, que já são mais de trinta, andam em volta das mesas com olhares cautelosos e dedos nervosos. Não parece haver padrão discernível na organização, negociantes de moedas aqui, de selos ali, e mais do que uns poucos negociam com ambos. Dois até têm cartões raros de esportes e de tabaco espalhados nas mesas. Ela fica estupefata de ver um cartão autografado de Mickey Mantle com o preço de 2900 dólares, mas, de certa forma, também fica aliviada. Faz os dólares de prata parecerem feijõezinhos em comparação.

A PEQUENA CAIXA DE GWENDY

Ela fica parada na entrada e observa tudo. É um mundo novo, exótico e intimidante, e ela fica impressionada. Deve ser óbvio para qualquer um que a veja, porque um vendedor próximo grita:

— Está perdida, querida? Posso ajudar com alguma coisa?

É um homem gorducho de uns trinta e tantos anos, usando óculos e com um boné do Orioles. Tem comida na barba dele e seus olhos brilham.

Gwendy se aproxima da sua mesa.

— Só estou dando uma olhada, obrigada.

— Para comprar ou vender?

O olhar do homem desce para as pernas expostas de Gwendy e fica por lá por mais tempo do que deveria. Quando olha para cima novamente, ele está sorrindo, mas Gwendy não gosta mais do brilho em seus olhos.

— Só estou olhando — diz ela, e se afasta rapidamente.

Ela vê um homem duas mesas depois examinando um selo pequenino com uma lente de aumento e uma pinça. Ouve-o dizer:

— Posso dar setenta dólares, e isso já é vinte acima do meu limite. Minha esposa vai me matar se eu... — Ela não fica para saber se ele fechou o acordo.

No final da área, ela chega a uma mesa coberta exclusivamente de moedas. Vê um dólar de prata Morgan

A PEQUENA CAIXA DE GWENDY

no meio da última fileira. Encara isso como bom sinal. O homem atrás da mesa é careca e velho, ela não sabe bem quanto, mas velho o suficiente para ser seu avô. Ele sorri para Gwendy e não olha para as pernas dela, o que é um bom começo. Ele bate no crachá preso na camisa.

— Meu nome é Jon Leonard, como diz aqui, mas meus amigos me chamam de Lenny. Você parece simpática, posso ajudá-la com alguma coisa hoje? Tem uma coleção de moedas de um centavo de Lincoln que quer completar? Está procurando uma moeda de dez centavos de búfalo ou moedas comemorativas de vinte e cinco? Eu tenho uma de Utah, está em boas condições e é difícil de achar.

— Na verdade, tenho duas moedas que gostaria de vender. Talvez.

— Aham, tudo bem, deixe-me dar uma olhada e digo se vamos poder fechar negócio.

Gwendy pega as moedas no bolso, cada uma em um envelopinho de plástico, e as entrega para ele. Os dedos de Lenny são grossos e retorcidos, mas ele pega as moedas com prática, segura pelas laterais, sem tocar no lado da cara nem da coroa. Gwendy repara nos olhos dele brilhando e se arregalando. Ele assobia.

— Posso perguntar onde você conseguiu isto?

Gwendy conta o mesmo que falou ao comerciante de moedas de Portland.

A PEQUENA CAIXA DE GWENDY

— Meu avô faleceu recentemente e deixou para mim.

O homem parece genuinamente chateado.

— Sinto muito saber disso, querida.

— Obrigada — diz ela, esticando a mão. — Sou Gwendy Peterson.

O homem aperta a mão dela com firmeza.

— Gwendy. Gostei.

— Eu também. — Gwendy sorri. — E ainda bem, porque vou ter que ficar com esse nome pra sempre.

O homem vira uma pequena luminária de mesa e usa uma lente de aumento para examinar os dólares de prata.

— Nunca vi um desses em condições tão perfeitas, e você tem dois. — Ele olha para ela. — Quantos anos você tem, srta. Gwendy, se é que posso perguntar?

— Dezesseis.

O homem estala os dedos e aponta para ela.

— Querendo comprar um carro, aposto.

Ela balança a cabeça.

— Um dia, mas estou pensando em vender para juntar dinheiro para a faculdade. Quero estudar em uma da Ivy League depois de me formar no ensino médio.

O homem assente com aprovação.

— Que bom. — Ele observa as moedas de novo com a lente de aumento. — Seja sincera comigo agora, srta. Gwendy, seus pais sabem que você vai vender isto?

A PEQUENA CAIXA DE GWENDY

— Sabem, sim, senhor. Eles não se importam porque é por uma boa causa.

O olhar dele se aguçou.

— Mas eles não estão com você, pelo que estou vendo.

Gwendy talvez não estivesse preparada para isso aos catorze anos, mas está mais madura agora e consegue lidar com uma pergunta inesperada.

— Os dois disseram que eu tenho que começar a me cuidar sozinha, e que esse pode ser um bom começo. Além disso, já li a revista que você tem ali. — Ela aponta. — *COINage*?

— Aham, aham. — Lenny abaixa a lente de aumento e volta a atenção total para ela. — Bom, srta. Gwendy Peterson, um dólar de prata Morgan dessa época e em boas condições pode ser vendido por valores entre setecentos e vinte e cinco e oitocentos dólares. Um Morgan *nesta* condição... — Ele balança a cabeça. — Eu realmente não sei.

Gwendy não tinha se preparado para essa parte (como poderia?), mas realmente gostou do homem e improvisa.

— Minha mãe trabalha em uma loja de carros, e eles têm uma frase para falar de alguns deles: "Preço de venda". Então... você poderia pagar oitocentos por cada um? Seria um bom preço de venda?

A PEQUENA CAIXA DE GWENDY

— Sim, senhorita, seria — diz ele, sem hesitar. — Mas você tem certeza? Uma das lojas maiores talvez pudesse...

— Tenho. Se você puder pagar oitocentos por cada um, nós temos um acordo.

O homem ri e estica a mão.

— Então, srta. Gwendy Peterson, nós temos um acordo. — Eles apertam as mãos. — Vou preencher o recibo e pagar.

— Hum... tenho certeza de que você é de confiança, Lenny, mas eu não me sentiria à vontade com um cheque.

— Considerando que posso estar em Toronto ou em Washington amanhã, quem poderia culpá-la por pensar assim? — Ele dá uma piscadela. — Além do mais, eu tenho minha própria frase: "Dinheiro vivo não fala". E o que o tio Sammy não souber sobre nossos negócios não vai fazer mal algum.

Lenny coloca as moedas nos envelopes transparentes e desaparece embaixo da mesa. Depois de contar dezesseis notas novas de cem dólares (Gwendy ainda não consegue acreditar que isso está acontecendo), ele faz um recibo, arranca uma cópia do bloquinho e coloca junto com o dinheiro.

— Incluí o número do meu telefone para o caso de seus pais terem perguntas. Qual é a distância até a sua casa?

A PEQUENA CAIXA DE GWENDY

— Um quilômetro e meio, mais ou menos. Eu vim de bicicleta.

Ele pensa nisso.

— É muito dinheiro para uma adolescente, Gwendy. Você não acha que deveria ligar para os seus pais virem te buscar?

— Não precisa — diz ela, sorrindo. — Eu sei me cuidar.

As sobrancelhas do homem mexem quando ele ri.

— Aposto que sabe.

Ele enfia o dinheiro e o recibo em um envelope. Dobra o envelope ao meio e usa quase um metro de fita adesiva para fechá-lo bem.

— Veja se cabe direitinho no bolso do seu short — diz ele, entregando o envelope.

Gwendy coloca o envelope no bolso e bate nele pelo lado de fora.

— Está perfeito.

— Gostei de você, garota, é sério. Tem estilo e tem coragem. Uma combinação pra ninguém botar defeito. — Lenny se volta para o comerciante à sua esquerda. — Hank, você pode olhar minha mesa por um minuto?

— Só se você trouxer um refrigerante quando voltar — diz Hank.

A PEQUENA CAIXA DE GWENDY

— Combinado. — Lenny sai de trás da mesa e acompanha Gwendy até a porta. — Tem certeza de que vai ficar bem?

— Tenho. Obrigada de novo, sr. Lenny — diz ela, sentindo o peso do dinheiro no bolso. — Eu agradeço.

— Eu que agradeço, srta. Gwendy. — Ele segura a porta aberta para ela. — Boa sorte com a Ivy League.

17

Gwendy aperta os olhos contra o sol de maio quando solta a bicicleta de uma árvore próxima. Nunca passou pela cabeça dela que o vfw não teria um bicicletário; por outro lado, quantos veteranos andavam por Castle Rock de bicicleta?

Ela bate a mão no bolso para ter certeza de que o envelope ainda está em segurança, depois monta na bicicleta e sai pedalando. Na metade do estacionamento, vê Frankie Stone e Jimmy Sines verificando portas de carros e espiando pelas janelas. Alguma pessoa azarada sairia da Feira de Moedas e Selos e encontraria o carro revirado.

Gwendy pedala mais rápido, torcendo para passar despercebida, mas não tem tanta sorte.

— Ei, peitinhos de mel! — grita Frankie atrás dela,

correndo para bloquear a saída do estacionamento. Ele balança os braços. — Opa, opa, opa!

Gwendy para na frente dele.

— Me deixa em paz, Frankie.

Ele demora um momento para recuperar o fôlego.

— Eu só queria fazer uma pergunta, mais nada.

— Então pergunta e sai da minha frente. — Ela olha em volta, procurando uma rota de fuga.

Jimmy Sines surge de trás de um carro estacionado. Para do outro lado dela com os braços cruzados. Ele olha para Frankie.

— Peitinhos de mel, é?

Frankie sorri.

— Foi sobre ela que eu falei.

Ele chega mais perto de Gwendy e passa um dedo pela perna da garota. Ela dá um tapa na mão dele.

— Faz sua pergunta e sai da minha frente.

— Ei, não fica assim — diz ele. — Eu só queria saber como é seu cu. Sempre foi tão apertadinho. Deve ser até difícil cagar. — Ele está tocando na perna dela de novo. Não só com um dedo; com a mão toda.

— Esses garotos estão te incomodando, srta. Gwendy?

Os três se viram. Lenny está parado ali.

— Cai fora, velho — ameaça Frankie, dando um passo na direção dele.

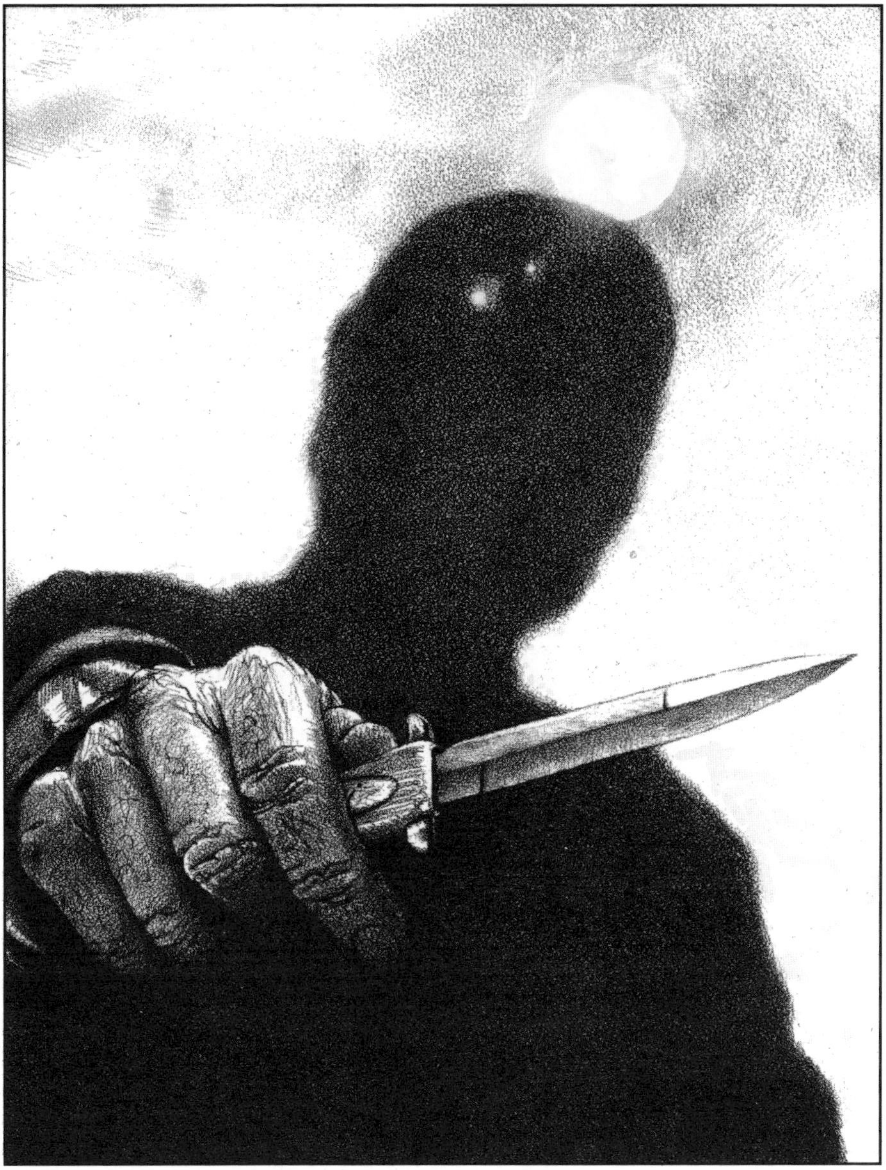

A PEQUENA CAIXA DE GWENDY

— Não mesmo. Você está bem, Gwendy?

— Estou bem agora. — Ela se afasta e sai pedalando. — Tenho que ir, senão vou chegar atrasada pro almoço. Valeu!

Eles a veem se afastar, e Frankie e Jimmy se viram para Lenny.

— São dois contra um. Gostei disso, velho.

Lenny enfia a mão no bolso da calça e pega um canivete. Na lateral prateada estão gravadas as duas únicas palavras de latim que aqueles garotos entendem: *Semper Fi*. A mão retorcida faz um truque ágil e, pronto, tem uma lâmina de quinze centímetros cintilando no sol.

— Agora são dois contra dois.

Frankie sai correndo pelo estacionamento, com Jimmy logo atrás.

18

— Que novidade, Gwendy venceu de novo — diz Sallie, revirando os olhos e jogando as cartas no tapete.

Há quatro garotas sentadas em círculo no chão da sala dos Peterson: Gwendy, Sallie Ackerman, Brigette Desjardin e Josie Wainwright. Elas são do terceiro ano da Castle Rock High e visitantes frequentes da casa dos Peterson naquele ano.

— Já repararam? — diz Josie, franzindo o rosto. — Gwendy não perde nunca. Em nada.

Sallie continua:

— Tem as melhores notas da escola. É a melhor atleta. É a garota mais bonita. E é imbatível nas cartas.

— Ah, parem com isso — pede Gwendy, recolhendo as cartas. É a vez dela de embaralhar e distribuir. — Não é verdade.

A PEQUENA CAIXA DE GWENDY

Mas Gwendy sabe que é, e apesar de Josie estar troçando do jeito bobo de sempre (quem mais sonharia em ser a líder de uma banda chamada Gatinhas?), ela também sabe que Sallie não está de brincadeira. Sallie está ficando cansada disso. Sallie está ficando com inveja.

Gwendy percebeu que aquilo estava virando um problema alguns meses antes. Sim, ela corre rápido, talvez seja a corredora mais rápida do condado em idade escolar. Talvez do estado todo. Sério? Sim, sério. E tem as notas. Ela sempre tirou boas notas na escola, mas nos primeiros anos tinha que estudar muito para mantê--las, e mesmo então, de vez em quando havia alguns Bs acompanhando todos os As do boletim. Agora, ela mal encosta nos livros, e as notas são as mais altas da turma toda do segundo ano. Ela já chegou ao ponto de escrever respostas erradas de propósito, só para evitar mais uma nota perfeita. Ou se obriga a perder nas cartas e no fliperama só para que os amigos não fiquem desconfiados. Independentemente dos seus esforços, eles sabem que tem alguma coisa estranha.

Além dos botões, além das moedas, além dos chocolatinhos, a caixa deu a ela... bem... *poderes*.

Sério? Sim, sério.

Ela não se machuca mais. Não tem distensões musculares da corrida. Não fica com galos nem hematomas do futebol. Não se arranha nem se rala por ser

A PEQUENA CAIXA DE GWENDY

estabanada. Não dá nem uma topada no dedo do pé e nem quebra a unha. Ela não consegue lembrar a última vez que precisou de um band-aid. Até a menstruação é tranquila. Não tem mais cólicas, saem algumas gotas no absorvente e acabou. Agora, o sangue de Gwendy fica onde deveria estar.

Essas percepções são ao mesmo tempo fascinantes e apavorantes. Ela sabe que é a caixa que está fazendo isso, ou talvez os chocolates, mas ambos são a mesma coisa. Às vezes, ela queria poder conversar com alguém sobre isso. Às vezes, queria ainda ser amiga de Olive. Talvez ela fosse a única pessoa no mundo que acreditaria nela.

Gwendy coloca o baralho no chão e fica de pé.

— Quem quer pipoca e limonada?

Três mãos se levantam. Gwendy vai até a cozinha.

19

Há grandes mudanças na vida de Gwendy no outono e no inverno de 1978, a maioria boa.

Finalmente tira a habilitação no final de setembro e, um mês depois, no décimo sétimo aniversário, seus pais a surpreendem com um Ford Fiesta pouco usado da loja onde a mãe dela trabalha. O carro é laranja e o rádio só funciona quando quer, mas nada disso importa para Gwendy. Ela ama o carro e cobre a traseira com adesivos de margaridas e cola um adesivo de para-choque dos anos 1960 dizendo chega de bombas.

Ela também consegue seu primeiro emprego de verdade (o dinheiro que ganhou no passado foi por ficar de babá e varrer folhas secas do jardim, mas isso não conta como trabalho) em uma lanchonete de drive-in três noites por semana. Ninguém fica surpreso de ela ser empenhada e conquistar uma promoção no terceiro mês de trabalho.

Ela também é escolhida como capitã da equipe de corrida da escola.

Gwendy ainda pensa no sr. Farris e ainda se preocupa com a caixa de botões, mas não com a mesma intensidade de antes. Também ainda tranca a porta do quarto e tira a caixa do armário e puxa a alavanca para ganhar chocolates, mas não com tanta frequência quanto antes. Talvez duas vezes por semana agora, no máximo.

Na verdade, ela finalmente relaxou ao ponto em que uma tarde se pega pensando: *Você acha que pode acabar esquecendo um dia?*

Mas então encontra um artigo de jornal sobre uma liberação acidental de esporos de antraz em um estabelecimento soviético de armas biológicas que matou centenas de pessoas e ameaçou a região e sabe que nunca vai se esquecer da caixa e do botão vermelho e da responsabilidade que assumiu. Que responsabilidade é essa exatamente? Ela não tem certeza, mas acha que pode ser só de impedir que as coisas, bom, fujam do controle. Parece loucura, mas a sensação é essa.

Perto do final do segundo ano, em março de 1979, Gwendy está assistindo à cobertura do acidente nuclear em Three Mile Island, na Pensilvânia. Ela fica obcecada, procura todas as notícias que consegue, mais para

A PEQUENA CAIXA DE GWENDY

determinar quanto perigo o acidente oferece às comunidades, às cidades e aos estados dos arredores. A ideia a preocupa.

Ela decide que vai apertar o botão vermelho de novo se precisar, para fazer Three Mile sumir. Só que Jonestown pesa na sua cabeça. Aquele babaca religioso maluco ia fazer aquilo de qualquer jeito ou foi ela quem o levou a agir? As enfermeiras iam envenenar os bebês de qualquer modo ou foi Gwendy Peterson que ofereceu a loucura adicional de que elas precisavam? E se a caixa de botões for como a pata do macaco naquela história antiga do W. W. Jacobs? E se deixar as coisas piores em vez de melhores? E se *ela* deixar as coisas piores?

Com Jonestown, eu não entendia. Agora, entendo. E não foi por isso que o sr. Farris confiou a caixa a mim? Para fazer a coisa certa quando a hora chegasse?

Quando a situação na Three Mile Island é controlada e os estudos subsequentes afirmam que não há mais perigo, Gwendy fica satisfeita… e aliviada. Sente como se um peso tivesse sido tirado de suas costas.

20

A PRIMEIRA COISA em que Gwendy repara quando entra na Castle Rock High naquela quinta-feira, no último dia de aula do ano letivo, são as expressões sérias nos rostos de vários professores e um grupo de garotas reunidas perto da porta do refeitório, muitas chorando.

— O que está acontecendo? — pergunta ela a Josie Wainwright no armário que as duas dividem.

— Como assim?

— Tem gente chorando no corredor. Todo mundo parece chateado.

— Ah, isso — diz Josie, no mesmo tom descontraído de quem conversa sobre o que comeu no café da manhã. — Uma garota se matou ontem à noite. Pulou da Escadaria Suicida.

O corpo de Gwendy fica gelado.

— Que garota? — O que sai não passa de um sussurro, porque ela está com medo de já saber a resposta. Ela não sabe como sabe, mas sabe.

— Olive... hã...

— Kepnes. O nome dela é Olive Kepnes.

— *Era* Olive Kepnes — diz Josie, e começa a cantarolar a "Marcha Fúnebre".

Gwendy tem vontade de bater nela, de dar um soco naquela cara sardenta, mas não consegue levantar os braços. Seu corpo todo está dormente. Depois de um momento, ela obriga as pernas a se mexerem e sai da escola para o carro. Dirige direto para casa e se tranca no quarto.

21

É CULPA MINHA, pensa Gwendy pela centésima vez quando entra com o carro no estacionamento do Parque Recreativo de Castle View. É quase meia-noite, e o estacionamento de cascalho está vazio. *Se eu não tivesse deixado de ser amiga dela...*

Ela disse para os pais que ia dormir na casa de Maggie Bean com algumas amigas da escola, para relembrar histórias sobre Olive e dar força umas para as outras na dor, e os pais acreditaram. Eles não perceberam que Gwendy parou de andar com o grupo de Olive muito tempo atrás. A maioria das garotas com quem Gwendy anda agora não reconheceria Olive se estivesse na frente dela. Além de um "Oi" rápido no corredor da escola ou um encontro ocasional no supermercado, Gwendy não falava com Olive havia seis ou sete meses. Elas acabaram fazendo as pazes depois da briga no quarto de Gwendy, mas nada foi o mesmo depois daquele dia. E a verdade é que isso não foi nada de mais para Gwendy. Olive estava ficando sensível demais, dando trabalho demais, simplesmente... *Olive* demais.

— É culpa minha — murmura Gwendy quando sai do carro.

Gostaria de acreditar que é só raiva adolescente, o que seu pai chama de Complexo Adolescente do Tudo Eu, mas não consegue. Não consegue deixar de lado a certeza de que se ela e Olive tivessem permanecido unidas, a garota ainda estaria viva.

Não há lua no céu e ela se esqueceu de levar uma lanterna, mas isso não importa. Gwendy sai andando na escuridão com passos bruscos e segue para a Escadaria Suicida, sem saber o que vai fazer quando chegar lá.

Ela está na metade do parque quando percebe que não quer ir até a Escadaria Suicida. Na verdade, não quer ver aqueles degraus nunca mais. Isso é loucura, e a escuridão só deixa as coisas mais sombrias, mas e se ela encontrasse Olive na metade do caminho? Olive com a cabeça meio esmagada e um olho pendurado na bochecha? E se Olive a empurrasse? Ou a convencesse a pular?

Gwendy dá meia-volta, entra no pequeno Fiesta e volta para casa. Passa pela sua cabeça que ela pode providenciar para que mais ninguém volte a pular daquela escada.

22

The Castle Rock Call
Edição de sábado — 26 de maio de 1979

Em algum momento entre uma e seis da manhã, nesta sexta-feira, dia 25 de maio, uma parte do canto nordeste do Parque Recreativo de Castle View foi destruída. A escadaria histórica e a plataforma do mirante, assim como quase seis mil metros quadrados de propriedade do estado, desabaram, deixando uma pilha de ferro, aço, terra e destroços.

Numerosas autoridades ainda estão no local investigando a cena para determinar se o desabamento foi resultado de causas naturais ou provocadas pelo homem.

"É muito estranho, e está cedo demais para respostas", comentou o xerife de Castle Rock, Walt Bannerman. "Não sabemos se houve um terremoto menor com epicentro nessa área ou se alguém sabotou a escadaria ou o quê. Estamos trazendo investigadores de Portland, mas eles só devem chegar amanhã de manhã, então é melhor esperar para darmos qualquer outra declaração."

Castle View foi recentemente cena de uma tragédia, quando o corpo de uma garota de dezessete anos foi encontrado na base do penhasco...

23

Gwendy fica doente por vários dias depois disso. O sr. e a sra. Peterson acreditam que o luto está provocando a febre e o incômodo no estômago da filha, mas Gwendy sabe que não é isso. É a caixa. É o preço que ela tem que pagar por ter apertado o botão vermelho. Ela ouviu o rugido das pedras desabando e teve que correr para o banheiro para vomitar.

A garota consegue tomar banho e tirar a calça de moletom larga e a camiseta por tempo suficiente para ir ao enterro de Olive na manhã de segunda-feira, mas só com o estímulo da mãe. Se dependesse de Gwendy, ela não sairia mais do quarto. Talvez só lá pelos vinte e quatro anos.

A igreja está lotada. A maioria da Castle Rock High School está lá; professores e alunos. Até Frankie Stone apareceu, sentado em um banco nos fundos com um sorrisinho debochado. Gwendy odeia todos por terem ido. Nenhum deles gostava de Olive quando ela estava viva. Nenhum deles nem a *conhecia*.

Ah, sim, como se eu conhecesse, pensa Gwendy. *Mas pelo menos eu fiz alguma coisa. Tem isso. Mais ninguém vai pular daquela escadaria. Nunca mais.*

Ao andar do cemitério até o carro dos pais quando a cerimônia acaba, alguém a chama. Ela se vira e vê o pai de Olive.

O sr. Kepnes é um homem baixo, de peito largo, com bochechas coradas e olhos gentis. Gwendy sempre adorou o pai de Olive, e criou um laço especial com ele, talvez porque um dia eles já compartilharam o fardo de estarem acima do peso, ou talvez porque o sr. Kepnes é uma das pessoas mais doces que Gwendy já conheceu.

Ela se segurou bem durante a cerimônia fúnebre, mas agora, com o pai de Olive se aproximando, os braços esticados, Gwendy se descontrola e começa a chorar.

— Tudo bem, querida — diz o sr. Kepnes, envolvendo-a em um abraço de urso. — Está tudo bem.

Gwendy balança a cabeça com veemência.

— Não está... — O rosto dela está sujo de lágrimas e catarro. Ela limpa com a manga.

— Me escute. — O sr. Kepnes se inclina e faz com que Gwendy olhe para ele. É errado o pai estar conso-

A PEQUENA CAIXA DE GWENDY

lando a amiga, *ex*-amiga, mas é exatamente isso que ele está fazendo. — Tem que ficar bem. Sei que não parece agora, mas *tem* que ficar. Entendeu?

Gwendy assente e sussurra:

— Entendi.

Ela só quer ir para casa.

— Você foi a melhor amiga dela neste mundo, Gwendy. Talvez em algumas semanas você possa vir nos visitar em casa. Podemos nos sentar, almoçar e conversar. Acho que Olive gostaria disso.

É demais, e Gwendy não aguenta. Ela se solta e corre para o carro, os pais pedindo desculpas e correndo atrás dela.

Os últimos dois dias de aula são cancelados por causa da tragédia. Gwendy passa a maior parte da semana seguinte no sofá da sala, embaixo de um cobertor. Ela tem muitos pesadelos (o pior é com um homem de paletó preto e chapéu preto, com moedas prateadas brilhantes no lugar dos olhos) e costuma acordar gritando. Ela tem medo do que pode dizer durante esses pesadelos. Tem medo de os pais ouvirem.

Depois de um tempo, a febre passa, e Gwendy volta ao mundo. Ela passa a maior parte das férias de verão trabalhando o máximo que pode na lanchonete. Quando não está trabalhando, está correndo nas ruas quentes de Castle Rock ou trancada no quarto ouvindo música. Qualquer coisa que mantenha a mente ocupada.

A caixa de botões continua escondida no fundo do armário. Gwendy ainda pensa nela, caramba, como pensa, mas não quer saber mais dela. Nem dos chocolates, nem das moedas de prata e, mais do que tudo, nem dos malditos botões. Na maioria dos dias, ela odeia a caixa e tudo que a caixa a faz lembrar, e às vezes imagina como poderia se livrar dela. Pensa em esmagá-la com um martelo ou enrolá-la em um cobertor e ir até o lixão.

Mas ela sabe que não pode fazer isso. *E se alguma outra pessoa encontrar? E se alguma outra pessoa apertar um daqueles botões?*

Ela a deixa no fundo do armário, criando teias de aranha e pegando poeira. *Que essa droga apodreça*, pensa ela.

24

Gwendy está pegando sol no quintal, ouvindo Bob Seger & The Silver Bullet Band em um walkman Sony, quando a sra. Peterson sai de casa levando um copo de água gelada. A mãe dá o copo a Gwendy e se senta na beira de uma cadeira de praia.

— Você está bem, querida?

Gwendy tira os fones de ouvido e toma um gole.

— Estou.

A sra. Peterson a observa sem falar nada.

— Tá, pode ser que não esteja bem, mas estou melhor.

— Espero que sim. — Ela aperta a perna de Gwendy. — Você sabe que estamos aqui, se quiser conversar. Sobre qualquer coisa.

— Eu sei.

A PEQUENA CAIXA DE GWENDY

— É que você fica tão quieta o tempo todo. Estamos preocupados.

— Eu... estou com muita coisa na cabeça.

— Ainda não está pronta para ligar para o sr. Kepnes?

Gwendy não responde, só balança a cabeça em negativa.

A sra. Peterson se levanta da cadeira.

— Só se lembre de uma coisa.

— O quê?

— Vai melhorar. Sempre melhora.

É mais ou menos o que o pai de Olive disse. Gwendy espera que seja verdade, mas tem suas dúvidas.

— Ei, mãe?

A sra. Peterson para e se vira.

— Eu te amo.

25

No fim das contas, o sr. Kepnes estava enganado e a sra. Peterson estava certa: as coisas não ficam bem, mas melhoram.

Gwendy conhece um garoto.

O nome dele é Harry Streeter. Ele tem dezoito anos, é alto, bonito e engraçado. É novo em Castle Rock (a família se mudou para a cidade poucas semanas antes porque o pai dele foi transferido no trabalho), e se não é um caso genuíno de amor à primeira vista, chega bem perto.

Gwendy está atendendo no balcão da lanchonete, entregando sacos de pipoca com manteiga, embalagens de Laffy Taffy, saquinhos de Pop Rocks e copos de refrigerante aos montes quando Harry se aproxima com o irmão mais novo. Ela repara nele na mesma hora, e ele repara nela. Quando é a vez dele de pedir, há uma faísca, e nenhum dos dois consegue dizer uma frase completa.

Harry volta na noite seguinte, sozinho, apesar de *Horror em Amityville* e *Fantasma* ainda estarem sendo exibidos, e mais uma vez espera sua vez na fila. Desta vez, junto com uma pipoca pequena e um refrigerante, ele pede o número do telefone de Gwendy.

Ele liga na tarde seguinte, e naquela noite a busca em um Mustang conversível vermelho. Com o cabelo louro e os olhos azuis, ele parece um astro de cinema. Eles vão jogar boliche e comer pizza no primeiro encontro, vão patinar no Gates Falls Roller Rink no segundo, e depois disso se tornam inseparáveis. Piqueniques no lago Castle, passeios a Portland para visitar museus e o shopping grande, cinema, caminhadas. Eles até correm juntos e mantêm uma sincronia perfeita.

Quando as aulas recomeçam, Gwendy está usando o anel de formatura de Harry em uma corrente de prata no pescoço e tentando pensar em como conversar com a mãe sobre métodos contraceptivos. (Essa conversa só vai acontecer quase dois meses depois do começo das aulas, mas, quando acontece, Gwendy fica aliviada de descobrir que a mãe, além de compreensiva, também liga e marca a consulta médica para ela — Valeu, mãe.)

Há outras mudanças também. Para consternação dos treinadores e das colegas, Gwendy decide não participar

A PEQUENA CAIXA DE GWENDY

da última temporada do time de futebol da escola. Ela perdeu a vontade de jogar. Além do mais, Harry não é atleta, é um fotógrafo dedicado, e assim eles podem passar mais tempo juntos.

Gwendy não consegue se lembrar de uma época em que tenha sido tão feliz. A caixa de botões ainda surge em sua mente de tempos em tempos, mas é quase como se a coisa toda fosse um sonho da sua infância. *Sr. Farris. Os chocolatinhos. Os dólares de prata. O botão vermelho. Alguma dessas coisas foi real?*

Mas correr não era negociável. Quando a temporada de corrida em ambiente fechado começa no final de novembro, Gwendy está com tudo. Harry fica na beira da pista a cada treino, tirando fotos e torcendo por ela. Apesar de treinar durante a maior parte do verão e do outono, Gwendy termina em um decepcionante quarto lugar no regional e não se qualifica para o estadual pela primeira vez em sua carreira no ensino médio. Ela também leva para casa dois Bs no boletim de final de semestre em dezembro. Na terceira manhã das férias de Natal, Gwendy acorda e vai até o banheiro do corredor fazer o xixi matinal. Quando termina, usa o pé direito para puxar uma balança de baixo do armário do banheiro e sobe nela. Sua intuição está certa: ela ganhou quase três quilos.

26

O PRIMEIRO IMPULSO de Gwendy é correr até o quarto, trancar a porta e pegar a caixa de botões, para poder puxar a alavanca pequena e devorar um chocolatinho mágico. Ela quase consegue ouvir as vozes cantarolando em sua cabeça: *Goodyear! Goodyear! Goodyear!*

Mas não faz isso.

Ela fecha a tampa do vaso e se senta. *Vamos ver, eu fui mal na corrida, tirei dois Bs este semestre (um quase foi um C, mas seus pais não sabem disso) e ganhei peso (quase três quilos!) pela primeira vez em anos — e continuo mais feliz do que jamais estive.*

Não preciso mais dos chocolates, pensa ela. *E o mais importante é que não quero.* A noção faz sua cabeça cantar e seu coração voar, e Gwendy volta para o quarto com passos mais leves e um sorriso no rosto.

27

Na manhã seguinte, Gwendy acorda no chão do armário.

Está abraçando a caixa de botões e seu polegar direito está a um centímetro do botão preto.

Ela sufoca um grito e puxa a mão, se arrastando como um caranguejo para fora do armário. A uma distância segura, fica de pé e repara em uma coisa que faz sua cabeça girar: a prateleirinha de madeira na caixa de botões está aberta. Nela há um chocolatinho: um papagaio, cada pena perfeita.

Gwendy quer mais do que qualquer coisa sair correndo do quarto, bater a porta e nunca mais voltar, mas sabe que não pode fazer isso. Então o que ela *pode* fazer?

Ela se aproxima da caixa de botões o mais cuidadosamente que consegue. Quando está a uma distância curta, a imagem de um animal selvagem dormindo na toca surge na cabeça, e ela pensa: *A caixa de botões não só dá poder; ela é poder.*

— Mas não vou — murmura ela. *Não vai o quê?* — Não vou ceder.

Antes que possa amarelar, ela corre e pega o chocolatinho na prateleirinha. Sai andando para trás pelo quarto, com medo de dar as costas para a caixa de botões, e corre pelo corredor até o banheiro, onde joga o papagaio de chocolate na privada e dá descarga.

E, por um tempo, tudo fica bem. Ela acha que a caixa de botões está dormindo, mas não confia nem um pouco nisso. Porque, mesmo que esteja dormindo, ela dorme com um olho aberto.

28

Dois eventos transformadores acontecem no começo do último semestre de Gwendy no ensino médio: sua aplicação para estudar psicologia na Universidade Brown é aceita de forma antecipada, e ela transa com Harry pela primeira vez.

Houve vários alarmes falsos nos meses anteriores, e Gwendy estava tomando a pílula durante todo aquele tempo, mas ela não se sentia pronta, e o gentil Harry Streeter não a pressionou. O ato é finalmente consumado no quarto de Harry à luz de velas na sexta à noite, no dia da grande festa de trabalho do pai dele, e é tão esquisito e maravilhoso quanto era esperado. Para fazer as melhorias necessárias, Gwendy e Harry repetem o ato nas duas noites seguintes, no banco de trás do Mustang. É apertado lá atrás, mas só vai ficando melhor.

A PEQUENA CAIXA DE GWENDY

Gwendy participa das corridas a céu aberto de novo quando chega a primavera, e fica no top 3 nas duas primeiras competições. Suas notas são atualmente A de cabo a rabo (embora em história ela esteja na zona de perigo, com 91%) e ela não pisa em uma balança desde a semana anterior ao Natal. Não quer mais saber dessa besteira.

Ela ainda tem pesadelos (o que tem o homem bem vestido com as moedas de prata nos olhos continua a ser o mais apavorante) e sabe que a caixa de botões a quer de volta, mas tenta não ficar pensando nisso. Na maior parte dos dias ela consegue, graças a Harry e ao que ela pensa como sendo sua nova vida. Ela costuma fantasiar que o sr. Farris vai voltar para recuperar a posse da caixa de botões e a aliviar da responsabilidade. Ou que a caixa vai acabar se esquecendo dela. Isso pode parecer besteira para alguém de fora, mas Gwendy passou a pensar na caixa como uma entidade viva.

Só que a caixa não a esquece. Ela descobre isso em uma tarde fresca de primavera em abril, quando ela e Harry estão soltando pipa no campo de beisebol da Castle Rock High (Gwendy ficou nas nuvens quando ele apareceu na casa dela carregando a pipa). Ela repara em uma sombra pequena e escura perto das árvores que ficam no limite da propriedade da escola. Primeiro, acha que é algum animal. Um coelho, ou talvez uma

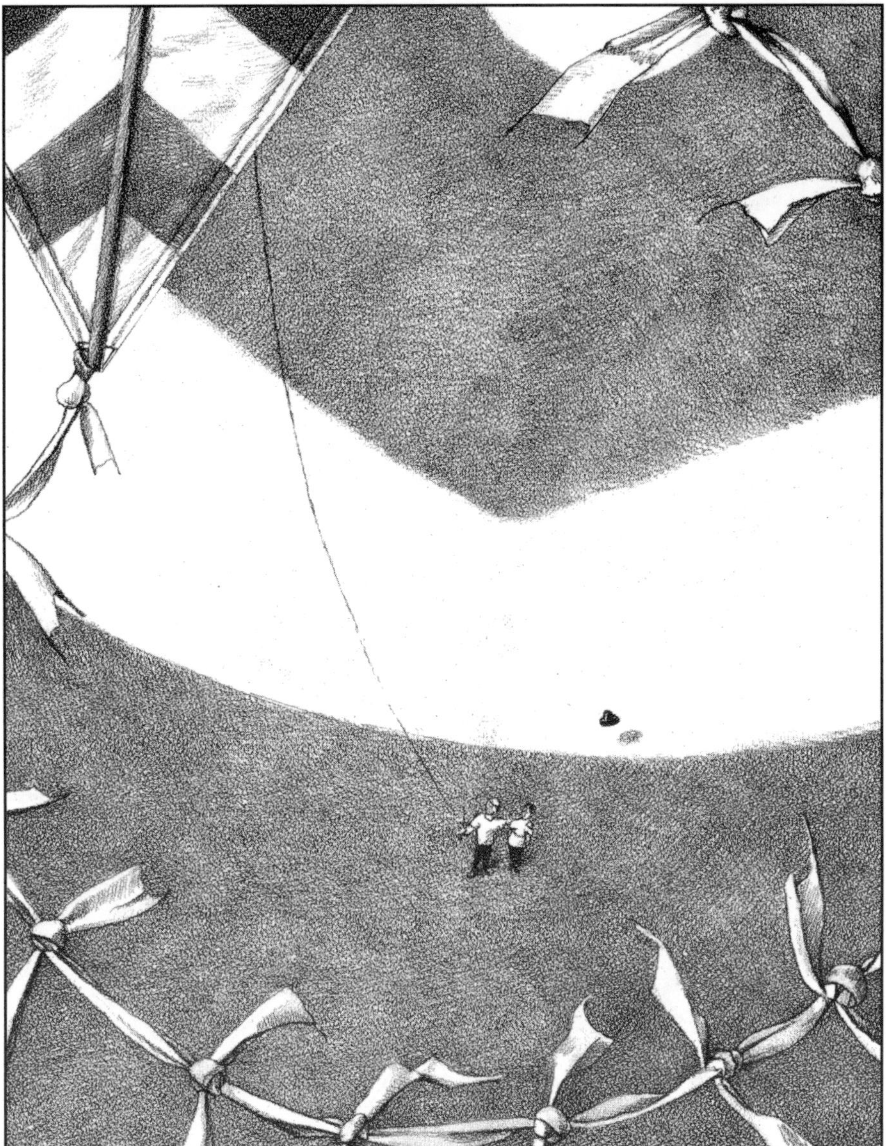

marmota. Mas, quando chega mais perto, e parece estar indo bem na direção deles, ela percebe que não é animal nenhum. É um chapéu.

Harry está segurando o carretel de linha e olhando para a pipa vermelha, branca e azul com olhos arregalados e um sorriso no rosto. Ele não repara no chapéu preto indo na direção deles, não se movendo com o vento, mas contra. Não repara que o chapéu perde velocidade conforme vai se aproximando e que muda de repente de direção e faz um círculo completo em volta de sua namorada horrorizada, quase como se estivesse dizendo "oi, é tão bom ver você" antes de deslizar e desaparecer atrás de uma arquibancada que acompanha a linha da terceira base.

Ele não repara em nenhuma dessas coisas porque é uma linda tarde de primavera em Castle Rock e está soltando pipa com o amor de sua jovem vida ao lado, e tudo está perfeito.

29

A PRIMEIRA METADE DE MAIO se passa em uma confusão de aulas, provas e organização da formatura. Tudo precisa ser decidido: desde o tamanho dos capelos e das becas ao convite que deve ser enviado pelo correio e os toques finais para a festa de formatura. As provas finais estão marcadas para a semana de 19 de maio, e a cerimônia de formatura da Castle Rock High School vai acontecer no campo de futebol americano na terça--feira da semana seguinte, no dia 27.

Para Gwendy e Harry, está tudo combinado. Depois que a cerimônia terminar, eles vão trocar de roupa e seguir para a casa de Brigette Desjardin, onde vai haver a maior e melhor festa de formatura da escola. Na manhã seguinte, eles vão acampar por uma semana em Casco Bay, só os dois. Quando voltarem para casa, vai ser trabalho no drive-in para Gwendy e na loja de materiais de construção para Harry. No começo de agosto, férias de dez dias no litoral com a família de Harry. Depois disso, a faculdade (Brown para Gwendy; Providence, que fica perto, para Harry) e um novo e empolgante capítulo da vida deles. Os dois mal podem esperar.

Gwendy sabe que precisa tomar uma decisão sobre o que fazer com a caixa de botões quando chegar a hora de ir para a faculdade, mas ainda tem alguns meses até lá e naquela noite sua prioridade é outra. A maior decisão que Gwendy tem que enfrentar no momento é que vestido usar na festa de Brigette.

— Meu Deus — diz Harry, sorrindo. — Escolhe logo um. Ou vai assim.

Assim por acaso é de sutiã e calcinha. Gwendy o cutuca nas costelas e vira a página do catálogo.

— Fácil pra você falar. Você vai botar calça jeans e camiseta e ficar lindo.

— Você fica *maravilhosa* de lingerie.

Eles estão deitados de bruços na cama de Gwendy. Harry está brincando com o cabelo dela; Gwendy está folheando o catálogo da Brown. O sr. e a sra. Peterson estão jantando com os vizinhos que moram no fim do quarteirão e só devem voltar mais tarde. Gwendy e Harry chegaram uma hora antes, e Gwendy ficou um pouco surpresa de não precisar usar a chave. A porta da frente estava não só destrancada, mas ligeiramente entreaberta. (Seu pai acha importante trancar a porta; gosta de dizer que Castle Rock não é mais a cidadezinha de interior que já foi.) Mas todo mundo esquece uma coisa ou outra, e seu pai não está ficando mais jovem. E com a festa de formatura na cabeça, sem mencionar os trinta minutos de paraíso na cama dela antes disso, nenhum dos dois repara nas lascas em volta da fechadura. Nem nas marcas de abertura forçada.

— Para com isso — diz Harry —, você é de parar o trânsito. Não importa o que vai vestir.

— Só não consigo decidir se vou de tomara que caia elegante ou longo e esvoaçante com cara de verão. — Ela joga o catálogo no chão e se levanta. — Aqui, vou deixar você escolher. — Ela anda até o armário, abre a porta... e sente o cheiro dele antes de o ver: cerveja, cigarro e suor.

Ela começa a se virar e gritar por Harry, mas demora demais. Dois braços fortes saem das sombras e do meio das roupas penduradas e a puxam para o chão. Agora, ela encontra a voz.

— Harry!

Ele já pulou da cama e está em movimento. Harry se joga no homem que atacou Gwendy, e em um emaranhado de cabides e blusas, eles lutam no chão.

Gwendy se encosta na parede e fica atordoada de ver Frankie Stone de calça camuflada, óculos escuros e camiseta, como se achasse que é um soldado numa missão secreta, rolando pelo chão do quarto com seu namorado. Isso é ruim, mas tem uma coisa pior: no chão do armário, em meio às roupas caídas, tem um monte de dólares de prata... e a caixa de botões. Frankie devia ter encontrado quando estava esperando que ela chegasse ou que Harry fosse embora.

Ele apertou algum dos botões?

A África sumiu? A Europa?

Os dois jovens se chocam com a mesa de cabeceira. Escovas de cabelo e maquiagem chovem neles. Os óculos de agente secreto de Frankie saem voando. Harry é pelo menos quinze quilos mais pesado do que Frankie, e prende o merdinha magrelo contra o chão.

— Gwen? — Ele fala com perfeita calma. — Ligue para a polícia. Peguei esse filho da put...

Mas é nessa hora que a coisa toda vai para o inferno. Frankie é magrelo, Frankie não tem muitos músculos, mas cobras também não têm. Ele se move como uma cobra agora, primeiro se contorcendo, depois levando um joelho à virilha da cueca boxer de Harry. Harry solta um gemido de dor e cai para a frente. Frankie solta uma das mãos, abre os dedos em V e enfia nos olhos de Harry. Harry grita, leva a mão ao rosto e cai de lado.

Gwendy se levanta a tempo de ver Frankie indo para cima dela, segurando-a com uma das mãos e ten-

A PEQUENA CAIXA DE GWENDY

tando tirar uma coisa do bolso da calça camuflada com a outra. Antes que possa tocar nela, Harry o derruba, e eles rolam para o armário, caem e puxam mais vestidos e saias e calças e blusas, e no começo Gwendy não consegue ver nada além de uma pilha de roupas que parece estar respirando.

Uma mão aparece, uma mão suja com uma tatuagem azul de teia nas costas. Tateia sem objetivo aparente, mas encontra a caixa de botões. Gwendy tenta gritar, mas nada sai; sua garganta está travada. A caixa desce com força: uma vez... duas... três vezes. Na primeira vez que acerta a cabeça de Harry, o som é abafado pelas roupas. Na segunda, soa mais alto. Na terceira, a batida produz um estalo doentio, como de um galho partindo ao meio, e o canto da caixa está coberto de sangue e cabelo.

As roupas oscilam e escorregam. Frankie aparece, ainda segurando a caixa de botões com a mão tatuada. Está sorrindo. Atrás dele, ela vê Harry. Os olhos estão fechados, e a boca, aberta.

— Não sei o que é isso, gatinha, mas é ótimo pra bater.

Ela dispara e passa por ele. Ele não tenta impedi-la. Gwendy fica de joelhos ao lado de Harry e levanta a cabeça dele com uma das mãos. Coloca a outra mão na frente do nariz e da boca do namorado, mas já sabe. A caixa era leve, mas por um tempo hoje se tornou pesada porque *queria* ficar pesada. Frankie Stone a usou para esmagar o crânio de Harry Streeter. Não há respiração na palma da mão dela.

— Você matou ele! Seu filho da puta imundo, *você matou ele!*

— É..., bom, talvez. Tanto faz. — Ele não parece interessado no garoto morto; seus olhos estão ocupados no corpo de Gwendy, e ela percebe que ele é maluco. Uma caixa que pode destruir o mundo está nas mãos de um louco que acha que é um boina-verde ou um fuzileiro naval ou algo assim. — O que é essa coisa? Além de ser onde você guarda seus dólares de prata? Quanto eles valem, Gwennie? E o que esses botões fazem?

Ele toca no vermelho, depois no roxo, e quando seu polegar sujo vai na direção do preto, Gwendy faz a única coisa em que consegue pensar. Só que não pensa, ela só age. O sutiã se fecha na frente, e agora ela o abre.

— Você quer brincar com esses botões aí ou comigo?

Frankie sorri, expondo os dentes que levariam até um dentista experiente a fazer uma careta. Enfia a mão no bolso de novo e tira uma faca. Isso a faz se lembrar de Lenny, só que não tem *Semper Fi* entalhado no dele.

— Vai pra cama, rainha do baile. Nem precisa tirar a calcinha. Quero cortar ela de você. Se ficar paradinha, pode ser que não corte o que tem embaixo.

A PEQUENA CAIXA DE GWENDY

— Ele mandou você? — pergunta Gwendy. Ela está sentada no chão agora, as pernas encolhidas escondendo os seios. Com sorte, uma olhada neles é o máximo que o filho da puta doente vai ter. — O sr. Farris mandou você pra pegar a caixa? Ele quer que *você* fique com ela?

Embora as provas pareçam apontar para isso, é difícil de acreditar.

Ele franze a testa.

— Senhor *quem*?

— Farris. Paletó preto. Chapeuzinho preto que vai para onde quer.

— Não conheço nenhum sr. F...

É nessa hora que ela pula, novamente sem pensar... embora passe pela cabeça dela depois que a *caixa* talvez estivesse pensando por ela. Os olhos dele se arregalam, e aquela mão segurando a faca se projeta para a frente, enfiando-a no pé dela e saindo do outro lado em um jorro de sangue. Ela grita quando o calcanhar acerta o peito de Frankie e o joga no armário. Ela pega a caixa e, apertando o botão vermelho, grita:

— *Apodreça no inferno!*

30

GWENDY PETERSON SE FORMA na Brown *summa cum laude* em junho de 1984. Ela não corre desde a primavera do último ano de ensino médio; o ferimento de faca no pé infeccionou quando ela estava no hospital, e apesar de a infecção ter passado, ela perdeu parte do pé. Ainda manca um pouco, embora agora mal dê para perceber.

Ela vai jantar com os pais depois da cerimônia, e eles se divertem. O sr. e a sra. Peterson até interrompem a longa abstinência com uma garrafa de champanhe para fazer um brinde à filha, que está entre fazer mestrado na Columbia ou ir para o Iowa Writers' Workshop. Ela acha que talvez tenha um livro na cabeça. Talvez mais do que um.

— E tem algum homem na sua vida? — pergunta a sra. Peterson. Ela está corada e os olhos estão brilhando devido ao álcool.

A PEQUENA CAIXA DE GWENDY

Gwendy balança a cabeça e sorri.

— Não tem homem nenhum no momento.

E nem vai haver no futuro, pensa ela. Ela já tem uma cara-metade; é uma caixa com oito botões no alto e duas alavancas nas laterais. Ela ainda come um chocolatinho ocasional, mas não pega uma moeda de prata há anos. As que tinha já se foram, vendidas uma ou duas de cada vez para comprar livros, pagar o aluguel (ah, Deus, o luxo de um apartamento só para si) e trocar seu Fiesta por um Subaru Outback (que deixou sua mãe chocada, mas ela acabou superando).

— Bom — diz o sr. Peterson —, ainda tem muito tempo para isso.

— Sim. — Gwendy sorri. — Eu tenho muito tempo.

31

ELA VAI PASSAR O VERÃO em Castle Rock, então quando os pais voltam para o hotel, Gwendy arruma as últimas coisas no baú e guarda a caixa de botões bem no fundo. Durante seu tempo na Brown, ela guardou aquela porcaria em um cofre do Bank of Rhode Island, algo que desejava ter pensado em fazer antes, mas ela era criança quando ganhou a caixa, *criança*, caramba, e o que as crianças sabem? As crianças guardam coisas valiosas em buracos embaixo de árvores ou atrás de pedras soltas em porões que podem ser inundados ou em armários. Em *armários*, meu Deus! Quando chegar a Columbia (ou a Iowa City, se o Writers' Workshop a aceitar), a caixa vai para outro cofre, e por ela pode ficar lá para sempre.

Ela decide comer uma fatia de bolo de café com um copo de leite antes de ir para a cama. Mas só chega até a sala, e lá fica paralisada. Na mesa onde ela estuda há dois anos, ao lado de uma foto de Harry Streeter em um porta-retratos, há um chapéu preto pequeno. Ela não tem dúvida de que era o que viu no dia em que ela e Harry estavam soltando pipa no campo de beisebol. Um dia tão feliz, aquele. Talvez o último.

— Venha aqui, Gwendy — chama o sr. Farris da cozinha. — Preciso dar uma palavrinha com você, como dizem por aí.

Ela entra na cozinha, sentindo que seu corpo está agindo por conta própria. O sr. Farris, com o paletó preto arrumado e sem parecer nem um dia mais velho, está sentado à mesa. Ele está com uma fatia de bolo de café e um copo de leite. O bolo e o leite dela a aguardam.

Ele a olha de cima a baixo, mas, como naquele dia dez anos antes, quando ela o conheceu no alto da Escadaria Suicida, sem nenhuma malícia.

— Que bela jovem você se tornou, Gwendy Peterson!

Ela não agradece o elogio, mas se senta. Para ela, essa conversa está atrasada. Provavelmente não para ele; ela acha que o sr. Farris tem uma agenda própria e que a segue rigorosamente. O que ela diz é:

— Eu tranquei a porta quando saí. Sempre tranco. E a porta ainda estava trancada quando voltei. Eu sempre verifico. Foi um hábito que passei a ter depois do dia

A PEQUENA CAIXA DE GWENDY

em que Harry morreu. Você sabe sobre Harry? Se sabia que eu queria bolo de café e leite, imagino que saiba.

— Claro. Sei muitas coisas sobre você, Gwendy. Quanto às trancas... — Ele faz sinal de descaso, como quem diz *não são nada*.

— Você veio pegar a caixa? — Ela ouve ansiedade e relutância na própria voz. Uma combinação estranha, mas que ela conhece bem.

Ele a ignora, ao menos por enquanto.

— Como falei, sei muitas coisas sobre você, mas não sei exatamente o que aconteceu no dia em que o tal Stone foi à sua casa. Sempre há um momento de crise com a caixa de botões, o momento da verdade, pode-se dizer, e quando chega, minha capacidade de... ver... se perde. Conte pra mim o que aconteceu.

— Eu tenho que contar?

Ele levanta a mão em um gesto como quem diz *Você que sabe*.

— Eu nunca contei pra ninguém.

— E eu diria que nem vai. É sua única chance.

— Eu falei para ele apodrecer no inferno e apertei o botão vermelho. Não quis dizer de forma literal, mas ele tinha acabado de matar o garoto que eu amava, enfiou uma faca na porra do meu pé, e foi isso que saiu. Eu nunca achei que ele realmente...

Mas foi o que aconteceu.

A PEQUENA CAIXA DE GWENDY

Ela fica em silêncio ao se lembrar de como o rosto de Frankie começou a ficar preto, que os olhos ficaram enevoados e penderam para fora das órbitas. Que sua boca se abriu, o lábio inferior se desenrolando como uma persiana quebrada. O grito dele (surpresa? dor? as duas coisas? ela não sabe) que fez dentes voarem das gengivas em putrefação em uma chuva amarela e preta. O maxilar se soltando; o queixo caindo até o peito; o som horrendo que o pescoço fez quando rasgou ao meio. Os rios de pus das bochechas quando se abriram como lona podre...

— Não sei se foi no inferno, mas ele certamente apodreceu — diz Gwendy. Ela afasta o bolo de café. Perdeu o apetite.

— Que história você contou? — pergunta ele. — Me fale sobre isso. Você deve ter pensado em tudo muito rápido.

— Não sei se pensei. Eu sempre me questionei se foi a caixa que pensou por mim.

Ela espera que ele responda. O sr. Farris não fala nada, e ela continua:

— Eu fechei os olhos e apertei o botão vermelho de novo enquanto imaginava Frankie desaparecendo. Me concentrei nisso com o máximo de força que consegui e, quando abri os olhos, só Harry estava no armário. — Ela balança a cabeça, impressionada. — Funcionou.

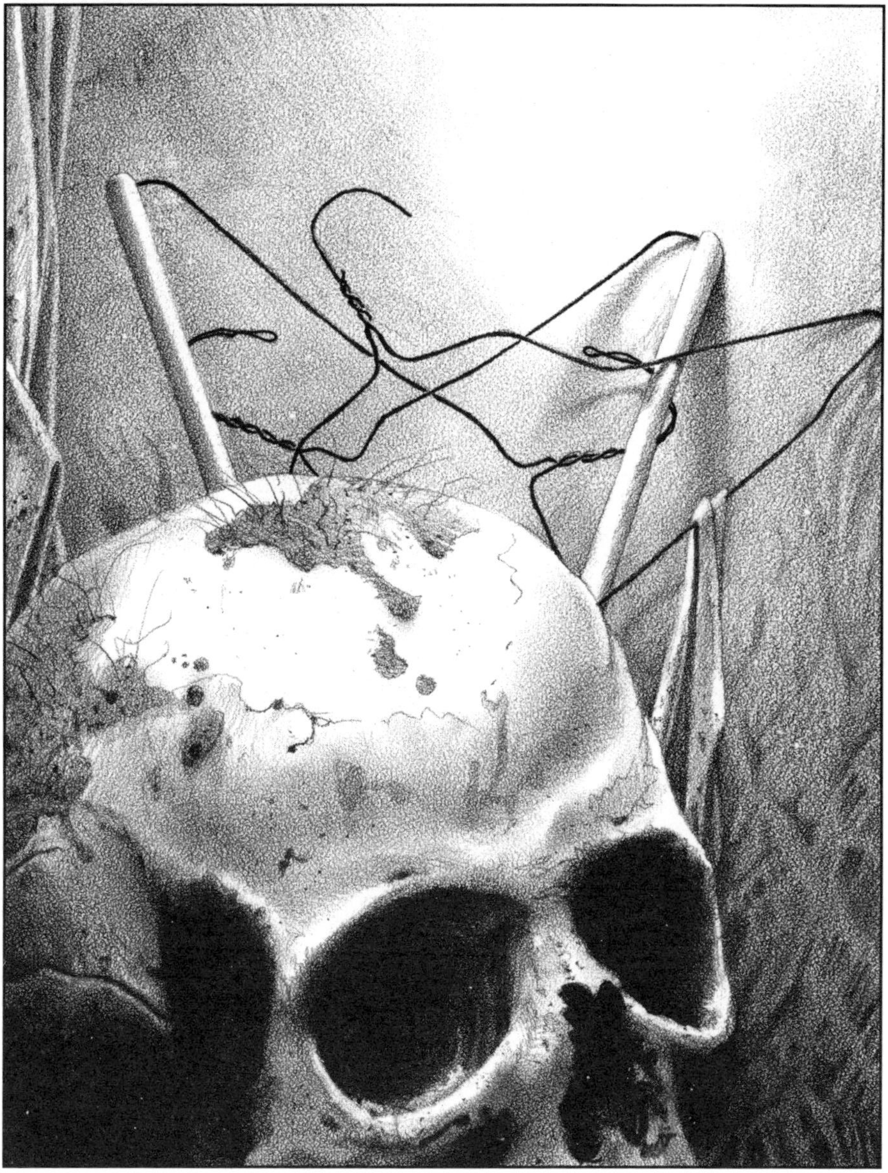

A PEQUENA CAIXA DE GWENDY

— Claro que funcionou. O botão vermelho é muito... versátil, podemos dizer assim? Sim, vamos dizer assim. Mas em dez anos você só o apertou umas poucas vezes, demonstrando que é uma pessoa de vontade forte e controle mais forte ainda. Eu a saúdo por isso.

Ele realmente faz isso, erguendo o copo de leite.

— Uma vez já foi demais. Eu provoquei Jonestown.

— Você se dá crédito demais — diz ele rispidamente. — *Jim Jones* provocou Jonestown. O dito reverendo estava enlouquecido como um rato preso numa ratoeira. Paranoico, com fixação na mãe e cheio de arrogância fatal. Quanto à sua amiga Olive, sei que você sempre se sentiu um tanto responsável pelo suicídio dela, mas garanto que não foi o caso. Olive tinha QUESTÕES. Essa era a palavra que você usava.

Ela o encara, impressionada. Quanto da vida dela ele anda espiando, como um pervertido (Frankie Stone, por exemplo) revirando sua gaveta de calcinhas?

— Uma dessas questões era o padrasto. Ele... como posso dizer? Ele *se metia* com ela.

— Você está falando sério?

— Seríssimo. E você sabe a verdade sobre o jovem sr. Stone.

Ela sabe. A polícia atribuiu a ele pelo menos quatro outros estupros e duas tentativas de estupro na área de Castle Rock. Talvez também o estupro e assassinato de uma garota em Cleaves Mills. A polícia não tem provas sobre esse último, mas Gwendy tem certeza de que foi ele.

— Stone teve uma fixação em você durante *anos*, Gwendy, e teve exatamente o que mereceu. Ele foi responsável pela morte do seu sr. Streeter, não a caixa de botões.

Ela mal escuta isso. Está lembrando o que costuma afastar da mente. Menos nos sonhos, quando não consegue.

— Eu disse para a polícia que Harry impediu que Frankie me estuprasse, que eles lutaram, que Harry foi morto e Frankie fugiu. Acho que ainda devem estar procurando por ele. Escondi a caixa na minha cômoda junto com as moedas. Pensei em sujar um dos meus sapatos de salto com o sangue de Harry para explicar o… o golpe… mas não consegui. No final, não importou. Eles só acharam que Frankie levou a arma do crime quando fugiu.

O sr. Farris assente.

— Não chega perto de podermos dizer que tudo está bem quando acaba bem, mas ficou o melhor que poderia, pelo menos.

O rosto de Gwendy se abre em um sorriso amargo que a faz parecer bem mais velha do que seus vinte e dois anos indicam.

A PEQUENA CAIXA DE GWENDY

— Você faz tudo parecer tão bom. Como se eu fosse a Santa Gwendy. Mas eu sei. Se você não tivesse me dado a maldita caixa, as coisas teriam sido diferentes.

— Se Lee Harvey Oswald não tivesse conseguido um emprego no Texas Book Depository, Kennedy teria terminado seu mandato — diz o sr. Farris. — Dá para usar o *se* pra um monte de coisa até enlouquecer, minha garota.

— Pode falar o que quiser, sr. Farris, mas se você não tivesse me dado aquela caixa, Harry ainda estaria vivo. E Olive.

Ele pensa.

— Harry? Sim, talvez. *Talvez.* Mas Olive estava condenada. Você não tem responsabilidade nenhuma pelo que houve com ela, pode acreditar. — Ele sorri. — E, boas notícias! Você será aceita em Iowa! Seu primeiro livro... — Outro sorriso. — Bom, vamos deixar que isso seja surpresa. Só vou dizer que você vai querer usar seu vestido mais bonito quando for buscar seu prêmio.

— Que prêmio? — Ela fica ao mesmo tempo surpresa e meio enojada pelo quanto anseia por essa informação.

Ele mais uma vez balança a mão em um gesto de *deixa pra lá.*

— Já falei muito. Se falar mais, vou alterar o rumo do seu futuro, então não me provoque, por favor. Eu posso acabar cedendo se você insistir, porque gosto de você, Gwendy. Seu tempo como proprietária da caixa tem sido... excepcional. Sei o peso que tem sido, às vezes como carregar um saco invisível cheio de pedras nas costas, mas você nunca vai saber o bem que fez. Os desastres que evitou. Quando usada com má intenção, o que você nunca fez, aliás, mesmo seu experimento na Guiana foi feito por pura curiosidade, a caixa tem uma capacidade inimaginável para o mal. Quando deixada em paz, pode ser uma força intensa do bem.

— Meus pais estavam a caminho do alcoolismo — diz Gwendy. — Pensando bem, tenho quase certeza disso. Mas eles pararam de beber.

— Sim, e quem sabe quantas coisas piores a caixa pode ter impedido durante o tempo que você ficou com ela? Nem eu sei. Massacres? Uma bomba numa mala plantada na Grand Central Station? O assassinato de um líder, que poderia ter gerado a Terceira Guerra Mundial? A caixa não impediu tudo, nós dois lemos os jornais, mas vou dizer uma coisa, Gwendy. — Ele se inclina para a frente e olha nos olhos dela. — Impediu muita coisa. *Muita.*

— E agora?

— Agora vou te agradecer se você me devolver a caixa de botões. Seu trabalho está feito, ao menos essa parte. Você ainda tem muitas coisas a dizer para o mun-

A PEQUENA CAIXA DE GWENDY

do… e o mundo vai ouvir. Você vai entreter as pessoas, o que é o maior dom que um homem ou uma mulher pode ter. Vai fazê-las rir, chorar, ofegar, *pensar*. Quando chegar aos trinta e cinco, vai ter um computador em vez de uma máquina de escrever, mas os dois são uma espécie de caixa de botões, não acha? Você vai viver uma vida longa…

— Longa *quanto*? — Mais uma vez ela sente aquela mistura de avidez e relutância.

— Isso eu não vou contar, só que você vai morrer cercada de amigos, com uma camisola linda com flores azuis na barra. Vai haver sol brilhando na sua janela, e, antes de você partir, você vai olhar para fora e vai ver um bando de pássaros voando para o sul. Uma imagem final da beleza do mundo. Vai haver um pouco de dor. Não muita.

Ele come um pedaço do bolo de café e se levanta.

— Muito gostoso, mas já estou atrasado para meu próximo compromisso. A caixa, por favor.

— Quem vai ficar com ela agora? Ou você também não pode me contar?

— Não tenho certeza ainda. Estou de olho em um garoto numa cidadezinha chamada Pescadero, uma hora ao sul de San Francisco. Você nunca vai conhecê-lo. Espero, Gwendy, que ele seja um guardião tão bom quanto você.

Ele se inclina e beija o rosto dela. O toque dos lábios a deixa feliz, como os animais de chocolate sempre deixaram.

— Está no fundo do meu baú — diz Gwendy. — No quarto. O baú não está trancado... se bem que acho que você não teria problemas mesmo que estivesse. — Ela ri e fica séria em seguida. — Eu só... não quero tocar mais nela, nem olhar para ela. Porque, se tocasse...

Ele está sorrindo, mas os olhos estão graves.

— Se você tocasse na caixa, talvez quisesse ficar com ela.

— É.

— Fique aqui. Termine seu bolo. Está muito gostoso.

Ele deixa a cozinha.

32

GWENDY FICA SENTADA À MESA. Come o bolo de café em pedacinhos pequenos e lentos, tomando um golinho de leite depois de cada um. Ela ouve o gemido que a tampa do baú faz quando é erguida. Ouve o gemido quando é baixada. Ouve o ruído das fivelas sendo cuidadosamente fechadas. Ouve os passos dele se aproximando da porta do corredor e pararem lá. Será que ele vai dizer adeus?

O homem de paletó não diz. A porta do apartamento se abre e se fecha silenciosamente. O sr. Richard Farris, encontrado pela primeira vez em um banco no topo da Escadaria Suicida de Castle View, foi embora da vida dela. Gwendy fica mais um minuto sentada, terminando o último pedacinho de bolo e pensando em um livro que quer escrever, uma saga longa sobre uma cidadezinha no Maine, bem parecida com a dela.

A PEQUENA CAIXA DE GWENDY

Vai haver amor e horror. Ela ainda não está pronta, mas acha que estará em breve; em dois anos, no máximo cinco. Vai se sentar em frente à máquina de escrever, sua caixa de botões, e começar a datilografar.

Ela finalmente se levanta e vai para a sala. Seus passos são leves. Já se sente mais leve. O chapeuzinho preto não está mais na escrivaninha, mas ele deixou uma coisa para ela mesmo assim: um dólar de prata Morgan de 1891. Ela pega a moeda e a vira para lá e para cá, para que a superfície possa captar a luz. Em seguida, ri e a coloca no bolso.

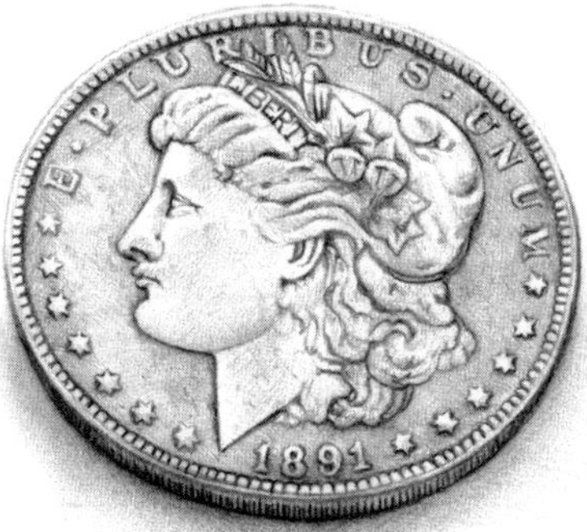
1891

SOBRE OS AUTORES

STEPHEN KING NASCEU EM Portland, no Maine, em 1947. Seu primeiro conto foi publicado vinte anos depois, na revista *Startling Mistery Stories*. Em 1971, ele começou a dar aulas, escrevendo à noite e aos fins de semana. Em 1974, publicou seu primeiro livro, *Carrie, a Estranha*, que se tornou um best-seller e é considerado um clássico do terror. Desde então, King escreveu mais de cinquenta livros, alguns dos quais ficaram mundialmente famosos e deram origem a adaptações de sucesso, seja para o cinema ou para a televisão, como *O iluminado*, *Sob a redoma*, *It: A Coisa*, *À espera de um milagre*, *A torre negra*, entre outros.

Em 2003, King recebeu a medalha de Eminente Contribuição às Letras Americanas da National Book Foundation e, em 2007, foi nomeado grão-mestre dos Escritores de Mistério dos Estados Unidos. Atualmente, ele mora em Bangor, no Maine, com a esposa, a escritora Tabitha King. Os dois são colaboradores frequentes de várias instituições de caridade e de diversas bibliotecas.

A PEQUENA CAIXA DE GWENDY

As obras de Richard Chizmar saíram em dezenas de publicações, incluindo a *Ellery Queen's Mystery Magazine* e várias edições de *The Year's 25 Finest Crime and Mystery Stories*. Ele ganhou dois prêmios World Fantasy, quatro prêmios International Horror Guild e o prêmio Horror Writers Association Board of Trustee. Sua terceira coletânea de contos, *A Long December*, publicada recentemente, recebeu críticas excelentes tanto no *Kirkus* quanto no *Booklist*, e apareceu na *Entertainment Weekly*. O trabalho de Chizmar foi traduzido para diversos idiomas, e ele tem participado em vários congressos como instrutor de escrita, palestrante e convidado de honra. Conheça o site do autor: <richardchizmar.com>.

SOBRE OS ARTISTAS

BEN BALDWIN É UM artista e ilustrador que trabalha com uma variedade de meios, desde fotografia e arte digital até desenho e técnicas de pintura. Já criou capas de livros e ilustrações de revistas para diversos clientes ao redor do mundo, como também pinturas individuais feitas por comissão.

KEITH MINNION VENDEU SEU primeiro conto para a *Asimov's SF Adventure Magazine* em 1979. Depois disso, já vendeu mais de vinte histórias, duas noveletas e um livro de arte com suas melhores ilustrações publicadas, além de um romance. Keith ilustra profissionalmente desde o começo dos anos 1990 para escritores como William Peter Blatty, Gene Wolfe e Neil Gaiman, e fez muitos trabalhos gráficos de design para o departamento de defesa dos Estados Unidos. Já foi professor, gerente de programação do departamento de defesa e oficial da Marinha americana. Vive atualmente no Shenandoah Valley, na Virginia, fazendo pinturas a óleo e aquarela, e escrevendo ficção.

1ª EDIÇÃO [2018] 2 reimpressões

ESTA OBRA FOI COMPOSTA PELA ABREU'S SYSTEM EM BEMBO REGULAR
E IMPRESSA EM OFSETE PELA LIS GRÁFICA SOBRE PAPEL PÓLEN BOLD DA
SUZANO S.A. PARA A EDITORA SCHWARCZ EM AGOSTO DE 2022

A marca FSC® é a garantia de que a madeira utilizada na fabricação do papel deste livro provém de florestas que foram gerenciadas de maneira ambientalmente correta, socialmente justa e economicamente viável, além de outras fontes de origem controlada.